ファーストコール4

〜童貞外科医、年下ヤクザの嫁にされそうです!〜

1. ドクターコール

十月、アメリカ・マサチューセッツ州ボストン――。

その日、高良惣太《たからそうた》はボストン東部の学園都市で行われた国際学会に参加していた。三日間に及ぶ研究発表の日程を終えて宿泊先のホテルに戻ると、ふと寂しい気持ちになり、ベッドの上でノートパソコンを開いた。日本にいる恋人――伊武征一郎《いぶせいいちろう》とオンライン通話をするためだ。

「先生、疲れていないか?」

タブレット型の画面に、伊武の心配そうな顔が映し出されている。

スマホのアプリでもビデオ通話は可能だったが、より大きな画面で伊武の顔が見たいと思った惣太はパソコンからコールしていた。もちろんその思惑は伊武には内緒だった。

「顔色がよくないようだが」

「多分、カメラのせいです」

「そうか?」

「はい」

ボストンと東京の時差は約十三時間。

惣太にとっては夜遅くの通話だが日本はちょうどお昼の時間だ。仕事や昼食《ランチ》の間を縫って、遠く

ファーストコール4
～童貞外科医、年下ヤクザの嫁にされそうです！～

谷崎トルク　著

Illustration
ハル

エクレア文庫

CONTENTS

登場人物紹介

高《たか》良《ら》惣《そう》太《た》

33歳童貞、柏洋大学医学部付属病院勤務の外科医で若き整形外科《オルト》のエース。

患者

命の恩人
&
一目惚れ♥

伊武《いぶ》征一郎《せいいちろう》

31歳、関東一円を牛耳る三郷会系伊武組の御曹司であり若頭、極道界のサラブレッド。

離れた惣太の体調を心配してくれている、伊武の優しさに胸がキュンとなる。

──ああ、やっぱり、カッコいいな……。

胸がときめいたのは優しさのせいだけではない。四角い画面に切り取られた男の端整な顔立ちと話すその仕草が、海外ドラマのワンシーンのようで思わずうっとりしてしまう。

──まだ信じられない。

ほんの数ヶ月前に、伊武から本格的にプロポーズされた。同棲中の恋人から婚約者の立場になったのだ。その証拠に、惣太の左手の薬指には銀色の指輪が光っている。

これがフィアンセというやつか──。

三十二歳まで新品（童貞）だった自分に男でヤクザのフィアンセがいるなんて、やっぱり信じられない。全部、何もかも夢のようだ。

けれど、この胸の甘苦しさは本物だった。伊武から毎日少しずつ愛情を注がれて、甘い水飴が体いっぱいに詰まっているような状態なのだ。もう目の裏側まで伊武の愛でパンパンだった。

「ん、どうした？　瞳孔が開いていないか？」

「……それもカメラのせいです」

伊武の得意技であるカワウソ・ヘルスチェックを真顔でスルーする。伊武はこんなふうに隙あらばバイタルチェックをしてくるので気が抜けない。

「やはり、画面越しでは、分からないな……」

「え？」

「先生に会いたい。寂しくてたまらない」

「今、会ってますけど」

「画面越しじゃなくて本物の先生に会いたい。会って抱き締めて、キスしたい。思いっきり抱きたい」

ストレートな愛情表現にドキリとする。絶句している惣太をよそに伊武は甘い言葉を吐き続けた。

「こうやって顔を見て会話ができても、離れていることが寂しい。声が聞けるのに、触れられなくて余計に寂しくなる。先生はどうだ?」

「どうって――」

「朝起きて先生がいないのが辛い。夜寝る時に先生がいないのが、もっと辛い」

「伊武さん……」

「先生がVRだったらいいのにな。いっそのこと、この画面から出てきてくれてもいいぞ」

「それだと完全にホラーですよ」

夜は自分の代わりにクマのぬいぐるみと寝たのかなと想像しつつ、本音を言えば一人寝が寂しいのは惣太も同じだった。だからこうやって、長電話ならぬ長通話をしているのだ。

「こんなふうに、学会もオンラインで参加できたただろう」

「それは……確かにそうですけど」

現在の国際学会は会場での発表とライブ配信を合わせたハイブリッド型がほとんどだ。そのため日本からでも参加可能だが、オンラインでは実技や討論を伴う講義が難しく、参加者同士の交流も図れない。

学会への参加を、専門医更新のための点数稼ぎと考える医者も多いが、惣太は患者に還元できる知識や手技をアップデートするために必要な務めだと思っていた。

「先生はやっぱり真面目だ」

「やっぱりじゃなくて、ずっと真面目です」

「そうだな。だからこそ惚れたんだ。真面目で一途な先生が俺は好きだ」

そんなふうに自分の感情を率直に表現できる伊武が好きだと思う。

自分はまだまだ素直になれない。色恋に不慣れで自信がないからだ。

けれど、以前よりは上手に自分の気持ちを伝えられるようになった。好きという言葉も言えるようになった。それも全部、伊武のおかげだ。

「明日の飛行機で帰りますから」

「ああ、そうだな。先生に会えるのを心待ちにしている」

「寝て起きたら会えます」

「……長いな」

「すぐですよ」

他愛もない会話をしつつ、通話を終えるタイミングが分からない。お互いのことを心配しつつ、終えるのが寂しくてそれを切り出せずにいる。

「惣太」

「……はい」

「俺の名前も呼んでくれ」

「い……えっと、征一郎さん」

「敬称はいらない」

「征一郎」

わずかな緊張から「せいちろ」と言ってしまったが、特に気にしてないようだ。

「もっと画面に顔を近づけてくれ」

「こうですか？」

「そうだ」

なんとなく理由が分かって、軽く目を閉じる。カメラに向かって小さくキスをした。

本物のキスを思い出して胸が高鳴る。

伊武の唇の柔らかさや体温、匂いを無意識のうちにトレースしていた。

「――ああ……Ｗｉ‐Ｆｉに乗って先生のキスが来た」

その言い方が可愛くて心の中で微笑んでしまう。

唇が重ならなくても伊武の愛は伝わってきた。心も体も、軽く温かくなる。

おやすみなさいの言葉とともに通話を終えた。惣太はパソコンを枕元に置いたままベッドに入った。

――やっぱり長かったな……。

一緒に暮らし始めてからこれほど長い時間、離れたのは初めてのことだ。

そして、キスをしない夜があったことも初めてだった。


翌朝、ホテルを出て空港へ向かった。

搭乗手続きを済ませてセキュリティーを抜け、目的のゲートまで歩く。伊武はもちろん、伊武の甥姪である悠仁と茉莉、田中と松岡、病院スタッフたちのお土産をあれこれ選んでいるうちに搭乗時間ギリギリになってしまった。

座席に座り、ホッとひと息つく。パソコン作業をしようと思っていたが、疲れていたせいかそのまま眠ってしまった。

どのくらい時間が経ったのだろうか。

騒がしい雰囲気を感じて、ふと目が覚めた。

惣太はプレミアムエコノミーに乗っていたが、その座席の前方、ビジネスクラスの奥から客室乗務員の慌ただしいやり取りが聞こえる。ほどなくして英語でアナウンスが流れた。

ドクターコールだ。

日本語に訳すと「お客様の中にお医者様はいませんか～」というアレだ。

惣太は俄《にわ》かに迷った。現在はドクターコールに応えない医療関係者も多い。処置の内容によっては訴訟問題に発展するリスクもあり、街でドクターコールに遭遇しても申し出ないようにと釘を刺している病院もあるくらいだ。

――うーん、困ったな。

英語のアナウンスによると、ファーストクラスで腹痛を訴えている二十代の男性がいるという。ビジネスクラスならと思っていたが、ファーストクラスと聞いてより迷いが増幅する。ファーストクラスに乗っているのはヤクザか、それに近いグレーな経営者や実業家がほとんどだ。機内はシンと静まり返っている。同じように迷っている医療関係者がいるのだろうか。

――全く、しょうがないな。

誰も申し出ないのを確認して、惣太はやむを得ず手を挙げた。

キャビンアテンダントと目が合う。

自分ができることだけをしようと心に決めて、惣太は席を立った。

ＣＡに促されてファーストクラスのブースに向かうと、一人の男性がお腹を抱えて呻いていた。早口の英語《スラング》で何か毒づいている。確かに痛そうだ。顔は青ざめ、額に脂汗をかいている。

惣太はしゃがみ込み、英語で声を掛けた。

症状を詳しく診ようと顔を近づけると、流暢な日本語が返ってきて驚いた。惣太の拙い英語とアジア人的な童顔から日本人だと判断したのだろうか。

「頼む、助けてくれ……」

「あの――」

「切腹したぐらい腹が痛い」

表現、と思わず突っ込みそうになるが、男の顔を間近で見て息が止まった。

――わ、イケメンだな。

香港系のモデルか俳優だろうか。

欧米とアジアのハーフにも見えるが、どこか大陸的な男の色気があった。顔の彫りが深く、全てのパーツが美しく整っている。その陰影まで計算されたかのような圧倒的な美貌だった。

腹痛に苦しんでいる姿も人生の懊悩を表現したハイブランドの広告のように見える。

「東京で整形外科医をしている高良惣太という者です。機内ですので、できる処置は限られますが何かお力になれればと思い、手を挙げさせて頂きました」

「ああ……ああ、感謝する。なんて綺麗な人だ。天使だ。天使に違いない」

「――え?」

「地上に舞い降りた天使……いや、違うな。今は機上だ。天空に舞う天使。つまり、本物だ」

男はそう言うと惣太に抱きついてきた。

オー、マイエンジェルと甘い声で囁き続けている。

――この野郎。

酔っぱらってるのか?

そんなに元気なら殴ってやろうか、と一瞬思ったが、惣太は握りかけていた拳を下ろし、冷静を取り戻した。医療処置ではなく暴力行為で訴えられたら元も子もない。

「症状を教えて下さい。どんな痛みですか?」

「ああ……ああ、そうだった」

巻きついている腕をやんわりと外すと、男は何か考えるような仕草をした。そんな姿も絵になる。

「この飛行機に乗る前に、街のオイスターバーで生牡蠣を食った。その後、クラムチャウダーをバケツ一杯飲み、ロブスターを二尾食った。チェリーストーン三皿をたいらげ、蟹クリームコロッケを貪り食い、デザートにドーナツとアイスクリームを堪能した。ワインも一本空けている。何かにあたったのかもしれないが、どれが原因か分からない」

おまえ、ただの食べすぎだろ！　という言葉が喉元まで込み上げる。それを呑み込んで笑顔を作った。男の腕を取って脈を測る。

「ああ、やっぱり天使だ……」

「ちょっと黙っててもらえますか？」

「僕のエンジェルちゃん」

殺しますよ、ともう一人の自分が胸の内で呟く。

牡蠣とロブスターはボストンのローカルフードだ。チェリーストーンはハマグリに似た貝の一種で、惣太も一度、生で食べてみたいと思っていた。本当ならフリーダムトレイルにある有名店に行く予定だったのだ。

――くそが。

時間がなくて行けなかったことを後悔する。

「痛みの場所から虫垂炎ではなさそうです。単なる腸炎……ただの食いすぎ……いえ、軽い脱水を起こしているようなので点滴をしましょう。機内では、それくらいの処置しかできません」

「ああ、感謝する。ありがとう」

「水は飲んでも大丈夫です。飲めたら飲んで下さいね」

「ああ」

とにかく緊急性の高い急性疾患ではなくてよかった。機内で急病人が出た場合、緊急着陸も免れない。そして、飛行機の中では外科医が一番無力であることを惣太は知っていた。

男性の客室乗務員《クルー》に声を掛けてドクターズキットを用意してもらう。

中にはAEDや心肺蘇生を行うための救急蘇生キット——人工呼吸器と聴診器、電子血圧計やパルスオキシメーターなどが入っていた。そこからアドレナリンやブドウ糖液の注射薬を掻き分けて、輸液セットを取り出した。

「シートを倒して横になって下さい」

「分かった」

さすがファーストクラスだ。座面がベッドのようにフラットになる。惣太は男のバイタルチェックを終えると、いつもの手順で輸液の処置を行った。

「ああ、楽になる……」

そんなにすぐ効果はないはずだが、男はホッとした表情を見せた。それを見て惣太も安心する。

「先生、ありがとう」

「いえ」

「手を握ってくれないか」

「え？」

「これが終わるまで手を握っていてくれ。お願いだ」

お断りだ！　と言いたいところだったが、すでに手を握られていた。

——全く。

指の長い大きな手だった。

そこに高そうなダイヤの指輪が嵌まっている。落ち着いてよく見ると、身に着けているスーツや時計も全て一流品だと分かった。この若さでファーストクラスに乗っているのだから、当然、金持ちなのだろう。

——なんか……カジノ王の次男って雰囲気だな。

その手を握りながら、このキラキラ香港スター男は日本で何をするのだろうかと考えた。

長いフライトを終えて、飛行機がようやく成田空港に到着する。

男の症状は点滴で落ち着いたため、到着後、そのまま空港職員に引き渡した。男は車椅子で押されながら名残惜しそうにこちらを見ていたが、惣太は気づかないふりをして自宅へ戻った。

「先生！」

「ただいまです」

玄関のドアを開けると、伊武が出迎えてくれた。

大型犬が尻尾を振っているような伊武の陽気さに自分まで嬉しくなる。

「迎えに行けなくて悪かったな」

「大丈夫です」

「疲れただろう」

「いえ。――あ、これ、お土産です」

持っている紙袋を伊武に渡す。手を洗ってダイニングへ行き、買ってきたお土産を披露した。

ロブスターのぬいぐるみとマグカップ、クランベリーを使ったチョコレートとクッキー、ピーナッツバターと調味料、お揃いのアイビーリーグTシャツを渡す。

試しに二人で着てみるとぴったりで驚いた。鏡の前でおどけてみせる。

「仲良し夫婦みたいだな」

「ですね」

「おっと、これも先生に似合いそうだ」

「え？　わっ――」

頭の上にロブスターのぬいぐるみを載せられる。なんだか戦隊モノの弱そうな敵キャラみたいだ。

「みーんな、挟んじゃうぜ☆」と心の中で決め台詞を考えていると、突然、伊武から抱き締められて驚いた。

鏡にバックハグされた自分の姿が映っている。伊武の方が頭一つ背が高いが、今日は白分オン海老オン伊武になっていた。

「ああ、可愛いな。先生は頭の上に海老が載っていても可愛い。天使だ」

「なんかサンドイッチされて、これが一つの生き物みたいになってますけど……」

「なんでもいい。鏡に映る先生が愛らしくてたまらない」

不意に耳元へキスされる。伊武の柔らかい唇の感触が軟骨のカーブを這った。それだけで気持ちがよくて腰が落ちそうになる。

「先生が好きだ」

「んっ……あっ――」

「少しも離れたくない。ずっと一緒にいたい」

伊武は鏡の中の惣太を熱く見つめながら何度も耳にキスした。目で犯されながら、ねっとりと耳朶を吸われる。舌でも犯されて耳殻の中まで丁寧に舐められた。

「先生をこうやって、毎日感じていたい」

「伊武さん……」

「この可愛い生き物を食べていいのは俺だけだ。そうだろう？」

「え？」

一瞬、ぬいぐるみのことかと思ったが違った。今度は手を取られて指先にも優しく口づけられる。伊武は指の一本一本に口づけた後、ふと手を止めた。どうしたのだろう。背後から殺気のようなものを感じる。

「――ん、おかしいな。先生の手から獣のような匂いがする」

「えっと……それは多分、アメリカの匂いですよ。はは」

乾いた笑いで誤魔化しつつ、伊武の野性の勘にドキリとする。そっちは、あのキラキラ男に握られていた方の手だった。

「とにかく、先生が帰ってきてくれて嬉しい」

「俺も会えて嬉しいです。アメリカへは何度か行ってますが、今回は凄く距離を感じました」

「そうだな」

「はい。やっぱり家がいいです」

惣太は振り返って軽く背伸びをした。真っ直ぐ引き寄せられるようにお互いの唇を重ねる。ぬいぐるみが床に落ちたが、そのことにも気づかなかった。

やっぱり本物のキスがいい。匂いと体温のある、優しいキスがいい。

——ああ、幸せだ。

舌を絡めながら、胸が甘く逸《はや》るのを感じる。愛おしくて美味しくて、幸せでたまらない。

伊武の首に腕を伸ばして角度を変えながらキスをする。そのまま落ちそうになった腰を横抱きされてバスルームまで連れて行かれた。

「今日は、先生を抱けなかった分だけ抱く。一週間だから七回、いやそれ以上か」

「うっ……」

気づけば惣太の顔はロブスターのぬいぐるみと同じくらい真っ赤になっていた。

——ああ、もう……。

優しく服を剥かれてバスタブに浸けられる。

「まずは先生の体を丁寧に洗おうか」

その言葉の意味が分からなくなるほど全身をくまなく撫でられた。

恥ずかしいけれど気持ちがいい。昨日までの疲れや不安、ストレスが一気に解けていく。

――なんか、あったかいな……。

その日は浴槽の中で茹で上がるくらい長く愛された。

2. 予期せぬ再会

休み明けの月曜日――。

惣太は自分が勤務する柏洋《はくよう》大学医学部付属病院の整形外科病棟にいた。朝のカルテチェックと回診《ラウンド》を済ませてナースステーションへ戻ると、看護師たちの様子がいつもと違っていた。

何やら色めき立っている。惣太が配ったお土産に反応しているのかと思ったが、そうではないようだ。

「ねぇ、聞いてよ。さっき、例の社長と研究棟ですれ違っちゃった」

「――え？　ああ、やっぱり来てるんだ。申し送りの時の師長の顔、なんかおかしかったもんね」

「ねぇねぇ、どんな感じだった？」

「雑誌の表紙まんまで驚いた。すっごいイケメン」

「へぇー、私も見たかったなー。今回、担当から外されてるから、みんなが羨ましいよ」

若い看護師たちが誰かの噂話をしている。なんだろうと思い、惣太は声を掛けた。

「今朝、研究棟ですれ違ったって、誰か来てるの？」

「あれっ、高良先生ご存じないんですか？　先生って例の業務の担当医ですよね？　整形外科《オルト》の手術室VR撮影は先生が執刀するって、師長から聞いてますけど」

一瞬、なんのことだろうと考えて、すぐに思い出した。予定が来週からだったため、そのことが頭からすっぽり抜け落ちていた。

「えっと、今日からじゃないよね？」

「今日はただの挨拶周りじゃないですか？　うちの病院のVRシステムがどの程度のものか、チェックしてるのかもしれません。詳しいことは分からないですけど」

「そうか……」

惣太はふとドクターテーブルの方へ視線を向けた。そこにはアメリカで発行されている経済雑誌『フォーブス』の日本版が置かれていた。表紙にイケメンIT社長のアップが写っている。

――うーん。この顔、どっかで見たことあるな……。

思い出せない。

気のせいかと思いつつ、惣太は表紙から視線を外した。

現在、柏洋大学医学部付属病院では様々な医療機器・医療システムが稼働している。

病院では医師や看護師だけでなく、放射線技師や検査技師、理学療法士や作業療法士、薬剤師や栄養士など、あらゆる業種のパラメディカルがマンパワーとして働いているが、それと同じくらい多角的に医療のデジタル化・AI化が進んでいた。

例えば医師が遠隔操作でオペを行う〝ロボット手術〟として有名な手術支援ロボット『ダ・ヴィンチ』は柏洋大学内でほぼ毎日稼働している。先んじて保険適用になった泌尿器科だけではなく、現在は様々な科と症例に使用されていた。

──まあ、確かに……オルトでの導入は遅かったけどな。

導入当時、同じ外科領域である泌尿器科や産婦人科に先を越されたと、整形外科教室の教授が激しく息巻いていたのを覚えている。

そして、手術支援ロボットだけではなく、医療におけるVR技術も日々進化していた。

「どうした、考え込んだ顔して」

突然、声を掛けられて驚いた。顔を見なくても分かる。同僚の整形外科医である林田学《はやしだまなぶ》だ。

林田は見た目が野性のゴリラのように厳ついが、小さいことは気にしない、大らかで豪快な男だ。本人は女にモテると言って憚らないが、林田がモテているところを惣太は見たことがなかった。

「なんか、胡散くせぇよな」

林田が雑誌を手に取りながら何やら毒づいている。

「えーっと、なになに……キョウ・イーサン・Jr──二十九歳。米国大手のIT企業から、医療系VRベンチャーを起業。専門はメタバース。現initium《イニティウム》の創業者で最高経営責任者。『ポリゴンにできれば全ては解決する』という信念のもと、様々な医療用VRの分野で活躍……って、なんだよこれ。漫画か」

「……はは、確かにフォーブスっぽいプロフィールだよな。実体がよく分かんない系の」

惣太の言葉に林田が頷く。

「オルトにVRなんかいらねぇだろ。外科医は見て切ってなんぼだ。バーチャルに何ができるってんだ。VRで骨が繋げんのか」

「それは言いすぎだろ」

林田は何を思ったのか、雑誌の表紙を曲げたり反ったりさせて、男の顔面で顔芸を始めた。

「『ハロー、イーサンジュニアでーす。あなたVRしなさいよ～。今すぐしなさいよ～』」

「ちょ、おま――」

福笑いのように変化する顔に思わず笑ってしまう。これではイケメンも台無しだ。

山折り谷折りどちらも面白く、笑いが止まらない。

「『ポリゴンがー、全てを解決するわよ～。あなた今すぐVRしなさーい』」

「……っ、ふっ、あはっ、もうやめろって。小学生かよっ」

なんで若干、喋り方がオネエなんだよと突っ込む。

「『VRしなさいよ～』」

「もういいからっ！」

「ああ、全く。こいつがうちのVRシステムを担当するとか、とんだ災難だな。投資詐欺の再現VTRに出てくる外国人にしか見えねぇし」

「災難はこっちの方だ。朝から笑わせんなよ。腹筋崩壊するわ」

「はは。崩壊しろしろ」

そう言いながら、今度は惣太の頭の上にVRゴーグルを載せてきた。

これは日本のH社が開発しているものだ。ヘッドギア型、ゴーグル型、メガネ型とVRゴーグルの形は様々だが、惣太も院内で普通に使用している。

「おまえ、ホントに似合わねぇな」

「うるさい！」

「頭がちっさすぎるんだな。スターウォーズに出てくる白いヤツみたいで笑える」

「林田も似合わないだろ！　頭がでっかすぎて」

「なんだよ。ライトセーバーで戦って、どっちが正しいか答えを出してやる。これが本当のＶＲ戦争だ！」

「フォースの力を信じよ」

二人でわちゃわちゃしていると看護師たちの溜息が聞こえてきた。

二人が看護師からモテないのは、こういうところに原因があるのかもしれない。

「先生たち、社長さんの前ではしっかりして下さいね。整形外科のこれからが掛かってるんですから！」

「そうですよ。こんな新進気鋭のＩＴ企業に、うちの科を担当してもらえるなんて、奇跡なんですから！」

「ねー」

看護師たちが視線を合わせて、うんうんと頷き合っている。

すっかり嫌われてしまったようだ。

そもそもこの社長の顔面・財力と比べられたら、院内の誰も勝ち目はないだろうが……。

惣太はゴーグルをドクターテーブルに置いて、ひと息ついた。

――けど、やっぱり、これから必要な技術なんだよなぁ……。

ＶＲ（仮想現実）は、ゴーグルを装着することで仮想現実の空間を実際の景色として見ることができるデジタル技術で、身近なところではゲームはもちろん、疑似体験型のアトラクションやスポーツなどで利用されている。

医療現場では主に、オペの支援や手技のシミュレーション、立体診断やオンラインカンファレンス、学術研究や教育分野などで使用されている。

簡単に説明すると「ゴーグルから見えるなんちゃって立体映像を使って、従来のレントゲンやＣＴ画像なんかよりも見やすく分かりやすく、実際の臓器の状態が名医の手技を見てきたように体験できちゃうんだぜ☆」ということになる。

今回の整形外科の導入では、主に研修医と医学生に向けた医療教育プラットフォームの作成を目指していた。

その教育用のデモンストレーション――執刀医目線のオペを惣太が担当するのだ。

「ああ、気が重いな……」

思わず愚痴が洩れる。

来週からとはいえ、すでに胃が痛かった。

惣太の手技がそのまま後輩に継承されることになるからだ。

「何、溜息ついてるんだよ。骨接合の名手であるおまえのテクを、この詐欺師に見せつけてやれよ」

「他人事だと思って」

「おまえならやれるって。心配すんな」

「はぁ……」

「高良センセーはちっせぇから、普段は台に乗ってオペしてることまでVRになるといいな。あれ、マジで可愛いぞ」

「——くそっ！」

惣太が拳を振り上げると、林田は華麗に逃げていった。ゴリラなのに逃げ足が速い。

外科医が手を使うのはご法度だが、惣太は足より先に両腕を振りかぶっていた。

——はぁ……。けど、やるしかないよな。

自分もとうとう後輩医を指導する立場になったのだと、緩んだ心をしっかりと引き締めた。


一週間後、医療系VRベンチャーinitium《イニティウム》による総合カンファレンスが行われた。

「総合カンファ、始まりまーす。先生方、研究棟の最上階、第一会議室までお越し下さーい」

各科看護師たちの明るい声が廊下に響いている。

惣太は整形外科教室の主任教授である鳩山の後ろをついて歩いた。いつもより早い時間のせいか、隣にいる林田がダルいとぼやいている。

この会議に参加しているのは整形外科だけではない。外科系のトップである第一外科——その中でも花形と呼ばれる消化器外科や呼吸器外科、それとは別の教室を持っている心臓血管外科や脳外科など、各科のドクターが参加していた。

「なんだ、今回も一番後ろか。司会者の顔が見えねぇな。豆粒だ」

教授の鳩山がさっそく愚痴っている。豆粒は言いすぎだが確かに後ろの席だ。座っている椅子をよく見ると追加のパイプ椅子だった。

「泌尿器科《ウロ》よりは前にしてくれよ」

「ちょっ――声が聞こえますよ」

惣太が耳打ちして諫めたが、鳩山は納得がいかないようだ。

「これじゃ、会議の内容も聞こえねぇ」

「心配は無用です。声はマイクで聞こえますし、プロジェクタースクリーンも全部、見えますから」

鳩山は腕を組みながら苦い顔をしている。

それを茶化すように、林田が「豆粒は一番のごちそうだろ。ポッポちゃんにとっては」と惣太に耳打ちしてきた。

思わず吹き出しそうになったが、小声で「鳩に謝れ」と突っ込み返す。

ほどなくして会議が始まった。

最初の一時間はイニティウムが製作した動画を見せられた。

現状のVR医療がどうなっているのか、そして、今後どのような展開をみせるのか、イニティウムが目指すイノベーションとは何かを分かりやすく纏めてあった。

「すげー金掛かってるな。パワポで作ったダサいプレゼン資料とは大違いだ」

「確かに映画みたいだったな……」

これまで惣太は完全に理解できていなかったが、動画を観てようやく分かった。同じように納得したのか林田が同意を求めてくる。

「つまり、ゴーグルつけて仮想空間の中に放り込まれた状態が『VR』、ゲームのスジモンGOが『AR』、その合わせ技が『MR』か。なんか、めんどくせぇけどな」

ゴーグルなしで現実空間にCGを反映させて体験できるものをAR（拡張現実）といい、VR（仮想現実）とそのARを融合させたものをMR（複合現実）というようだ。それぞれの特性に合わせて医療に還元できるらしい。

動画が終わり、部屋が明るくなる。すると前の方から歓声と大きな拍手が聴こえてきた。

何が起こったのだろう。軽く立ち上がると、背の高い男性が壇上に向かって歩いてくるのが見えた。

――社長だ。

周囲の緊張が一気に高まる。

「……はぁ、ようやくイケメン社長のお出ましか」

「静かにしろって」

「はいはい」

遠く離れているため表情までは見えなかったが、雑誌の表紙そのままの男前だった。手脚が長くスタイルも抜群だ。着ているスーツも鈍く光った生地で高級品だと分かる。

社長は壇上に立つと、マイクに向かって挨拶を始めた。

「皆さん初めまして。initium最高経営責任者のキョウ・イーサン・Jrと申します。弊社に柏洋大学医学部付属病院のVRシステムを預けて下さり、心より感謝申し上げます。弊社は主に新しい医療用VRシステムを――」

綺麗な日本語だった。プロフィールによると英語・ドイツ語・日本語のトリリンガルらしい。

男の声を聞いて、なぜか飛行機の中のワンシーンが思い浮かんだ。

――この艶のあるバリトンボイス……。

お腹を押さえている男の姿が見える。

先生と呼ぶ声、オーマイエンジェルという甘い囁き、大きな手、熱い体温……。

脳内で映像が一致し、思わず椅子から立ち上がる。

「――わっ！」

「ちょ……おま、どうした。声出すなって。座れよ」

「すまない」

林田に謝りつつ、惣太の頭の中は混乱していた。

――あのキラキラ香港スター男が、イニティウムのCEOだったなんて……。

信じられない。

マカオのカジノ王の次男だと勝手に思っていたのに。

違うのだろうか？

脳内の映像が完全に一致しているのにまだ信じられなかった。これから一緒に仕事をするはずが、その実感が一つも沸いてこない。

――はあ……。

社長はプレゼンを続けていたが、惣太の耳にはもう何も入ってこなかった。


カンファレンスが終わり、各科のドクターが外へ出るのを待って、惣太も廊下に出た。

社長周辺は何やら騒がしいままだったが、それを速足で通り過ぎる。すれ違いざまに男の視線を感じた気がしたが、惣太は見知らぬふりをして医局まで戻った。

医局でもう一度、教授に尋ねてみると、間違いなく、整形外科の担当はあの社長だと言う。

「マジか……」

もちろん、科によってVR導入の目的と内容は違う。利用する分野によって担当者が変わることはよくあり、マイナー科である整形外科を社長が担当することも充分考えられる。

でも――

この胸騒ぎはなんなのだろう。

なんとなく嫌な予感がする。

理由はよく分からないが、気持ちがざわざわして落ち着かない。

自分は正しいことをしたのだから大丈夫だと、そう心に言い聞かせた。

あの日の態度は特に問題なかった。医師としてやるべきことをした。

笑顔も作ったし、誠心誠意、心を込めて対応した。

――悪態をついたのは心の中だけだ。

うん、問題ない。

惣太は医局を出て午前の診察へ向かった。


外来での診察を終えて、ひと息つく。

そのまま外来棟の最上階にあるレストラン「はくよう」へ向かおうとしたが、読み直したい資料があったため、一度、研究棟へ戻った。

柏洋大学医学部付属病院は、入院施設がある病棟と医局のある研究棟、診察を行う外来棟がそれぞれ独立して建っている。この三つの建物を長い渡り廊下が繋いでいた。その廊下を一人で歩く。

すると向こうから背の高い男が歩いてきた。

窓から陽の光が差して、後光を背負っているように見える。白衣やスクラブを着ていないのですぐに分かった。

――社長だ。

スーツ姿の男は惣太を見つけると美しい顔で微笑んだ。

映画のオープニングシーンのように、男の姿が徐々に近づいてくる。すれ違う瞬間、手を取られた。

「――え?」

男は惣太の顔を見つめながら微笑んでいる。

「やっと会えたね」

「……へ？」

「あなたは僕の運命の人だ」

男はそう言うと、その場に跪いて惣太の手の甲にキスした。

一瞬、目の前が真っ白になる。

――なんだ、これ。

戸惑う間もなく、すぐに視界が真っ黒になった。

男の顔の影だ。

気がつくと惣太は男に抱き締められていた。

「ああ、可愛い。僕の運命の人」

「――ひっ！」

「Oh my angel!　やはり本物の天使だ」

ふわりと抱かれながら、軽く頬ずりされる。

眩暈がするほどいい匂いがしたが、すぐに突き放した。

「ちょ……何するんですか！」

「おやおや」

男は余裕のある顔で微笑んでいる。

おやおやじゃねぇ、と怒りが込み上げた。

「アメリカ式のキスと挨拶ですよ。再会を喜ぶハグをしてはいけませんか？」

なぜ急に敬語になる！　と突っ込みたかったが、惣太は言い返した。

「……と、とにかく、俺は天使じゃない！」

「ほぉ」

男は顎に手にやると、考えるような仕草をした。

そのままふわりと壁にもたれ掛かる。意味もなく全身がキラキラしていた。

――ああ、なるほど。

スーツの袖口から見えるYシャツと時計、美しい手と手首、顔の角度から、これがこの男の絶対領域なのだと分かった。惣太に見やすいような角度になっている気さえする。

「とにかく、まずはお礼を言わないと、ですね。僕を助けてくれてありがとう。あなたは優しく、礼儀正しく、美しかった。こんなに美しく正しい人を、僕はまだ見たことがない」

違う！　と思わず口走りそうになる。あの時はカジュアルにセクハラされて腹が立っていただけだ。そのぎこちなさがあの慇懃無礼な態度になったのに、気づかないとは……。

「あなたのその美しさが内面から来ていること、僕はもう分かっている。それこそが僕の求めていたものだ」

男はフフと小声で笑った。

なんなのだろう。

男のキラキラにあてられて頭がくらくらしてくる。毒蛾の鱗粉に似たピカピカの粉が宙を舞っているのだろうか。これ以上、吸ってはいけないと自分に言い聞かせる。

「再会は神の采配、つまり運命だ。こんなに嬉しいことはない」

「………」

「どうか、よろしく。高良惣太先生」

男は惣太の手を取ると、ぎゅっと握って上下に振った。

それが握手なのだと気づくまで時間が掛かった。

「これからの人生が楽しみだ」

男は惣太の目を見つめると、納得したように大きく一つ頷いた。

握っていた手をゆっくりと離す。もう一度、秘密めいた笑みを作ると、そのまま廊下の奥へ消えていった。

――はぁ……。

なんとなく嫌な予感がしていたが、これがそうだったのかと思う。

――なんか……俺……。

狙われてる?

気のせいだろうか。

けれど、男が持つ圧倒的な自己肯定感に嫌悪を含んだ感情が全て吹き飛んでいた。

あの男には迷いがない。

誰が見ても分かる、パーフェクトな存在だ。

この世に自分を否定する人間などいない、自分が好かれないわけがない、というスーパーポジティブな信念が光の膜のように男の全身を覆っていた。プライドやナルシズムとは違う、揺るぎない自信と強さがそこにあった。

これが、天才が持つオーラなのだろうか——。

「社長ってやっぱ、凄いんだな……」

自然とそんな声が洩れる。

男の言葉の真意は分からない。

けれど、自分に与えられた仕事はきちんと全うしようと惣太は思った。

3. 和菓子と兄と優しさと

週末、兄の凌太《りょうた》から電話があった。

新作の和菓子ができたので試食してほしいと言う。惣太は二つ返事でOKした。

惣太の実家である和菓子屋『霽月堂《せいげつどう》』は、日本橋で三代続いている老舗の和菓子屋だ。茶会で使う主菓子や干菓子、金平糖を専門に手掛ける菓子司《かしつかさ》だが、その店を三歳年上の兄が継いでいた。

ここのところ、兄は精力的に新作を発表している。

それができるのも伊武の助けがあったからだ。

――ホントに……色々あったな。

伊武との出会いを思い返して苦笑する。

出会いは病院のERで、事故で運ばれてきた伊武のオペを担当したのが惣太だった。それから紆余曲折があり、惣太と家族の運命が大きく変わった。

――あの、刺青とチンコのピアスには驚いたけどな……。

和菓子屋の土地の買収騒ぎで、窮地に立たされた商店街を救ってくれたのが伊武だった。バイアウトファンドの社長である投資家の一面を使って、海外資本のハゲタカファンドから実家を守ってくれたのだ。まさにホワイトナイト、家族にとっても惣太にとっても伊武は白馬の騎士になった。

——けど、兄ちゃんは事の全貌を知らないんだよな。

兄の凌太は伊武のことを今も投資会社の社長だと思っている。伊武が関東一円を牛耳る極道、三《さん》郷会系伊武組《ごうかいけいいぶぐみ》の若頭であることも、惣太のフィアンセであることも知らない。

知ったらどうなるのか、考えただけでも憂鬱になる。

兄はただ一人の弟である惣太を溺愛していた。

——兄ちゃん、あれで天然だしな……ああ。

兄は真面目で純粋な男だった。

伊武と付き合うようになってから、いつどうやってこの事実を告げるか、それが惣太の心の重荷になっていた。

「どうした、浮かない顔をして」

ダイニングテーブルに座っていると、伊武が声を掛けてきた。慌てて笑顔を作る。

「なんでもないです。ちょっと疲れてただけで。——あっ、そうだ」

「ん?」

「兄が和菓子の試作品を作ったみたいで、今度、一緒に実家へ行きませんか?」

「いいな。久しぶりにカワウソファミリーに会いたい。お兄さんにも」

「ああ、よかった」

伊武が後ろからハグしてくる。椅子ごとのバックハグだ。

しばらくの間、無言で抱き締められる。

「仕事が大変なのか？」

「え？　えっと、そうですね……うーん、まあ、いつものことです」

「そうか」

「はい」

「先生は真面目だから心配だ」

「ホントに、大丈夫だから……」

伊武の匂いがする。落ち着く匂いだ。こんな瞬間が、いつも幸せだと思う。

「仕事が一段落したら旅行にでも行くか？」

「あ、いいですね」

「どこか行きたいところはあるか？」

「うーん」

考えてもパッと思いつかない。

どこでもよかった。伊武と一緒ならどこでもいい。ずっと笑顔でいられる。

「伊武さんとなら、どこでもいいです」

「そんなことも言えるようになったんだな」

「え？」

「いや……嬉しいが、少し寂しいな」

どういうことだろう。意味が分からない。

「ただの嫉妬だ。忘れてくれ」

「もう、なんですか」

上から覆いかぶさってきた伊武に軽くキスをされる。そんな角度から見ても伊武は男前だった。


日曜日、伊武と一緒に日本橋へ向かった。

愛車のランボルギーニを駐車場に止めて商店街まで並んで歩く。大きな手が惣太の手を握っていた。

こうやって手を繋いで歩くことにもずいぶん慣れた。

――まだ、ドキドキするけど……。

温かい手のひらと交差している硬い関節の感触が愛おしい。ずっと手を繋いでいたいと思う。

お互いの仕事のことや最近話題になっているニュース、悠仁《ゆうじん》や茉莉《まり》の保育園での出来事など、他愛もない会話を続ける。

商店街の入り口に入ったところで、伊武がそっと手を離した。

――あ……。

惣太のことを思って気を遣ってくれている。それが分かって少しだけ胸が苦しくなる。

自分にはもう一つの迷いもない。

同性と婚約関係にあること、相手がヤクザの若頭で元患者であること、すでに一緒に暮らしていること。全て今の惣太を作ってきた大切な人生の断片《ピース》だ。誇りに思うことはあっても卑下することはない。

「こんな土産でよかったか?」

「大丈夫です。きっと喜ぶと思いますよ」

伊武は両親と兄夫婦のためにお酒と果物を用意してくれた。それを持ちながら『霽月堂』と書かれた藍色の暖簾を二人で潜った。

「兄ちゃん」

カウンターに声を掛けると、作業場から調理白衣を着た兄が出てきた。惣太を見つけて嬉しそうな顔をしている。

「忙しいのに悪いな」

「全然」

「伊武さんも、ありがとうございます。いつもご贔屓にして頂いて感謝です。惣太と一緒なんて珍しいですね」

「先生にはお世話になったので」

「あは、確かにそうですね。もう脚の方はいいんですか?」

「ええ。抜釘《ばってい》手術も大成功で、今はなんの問題もありません。怪我したことさえ忘れてしまいそうです。高良先生は、やはり天才整形外科医ですね」

「ははっ、大げさな」

兄が二人をテーブルまで促した。

店の奥には座って和菓子を楽しめるスペースがある。そこに伊武と並んで座ると、兄がお茶を出してくれた。一緒に新作の和菓子も並べてくれる。

「これは羊羹なんだが――」

一瞬、鯖かと思った。青くてキラキラしている。

表面がメタリックなのは銀粉のせいだろうか。細長い羊羹が天の川のように見えた。

「名付けて『ギャラクシー羊羹だ』」

「……ギャラクシー、か」

「な、なんか凄いな」

伊武と二人で絶句する。羊羹で宇宙を表現するとは驚きだ。

羊羹の半分が青のグラデーションになっていて、そこに銀色の星が煌めいている。どこから食べていいのか悩んでしまうほど宇宙の奥行きを感じた。

「食べてみてくれ」

兄に促されてひと口食べた。羊羹は材料がシンプルゆえに技の良し悪しがはっきりと出る和菓子だ。王道にして至高とも言える味の奥深さがある。

「……美味しい」

「しっかりとした食感が羊羹らしくていいな」

さすが兄だ。味は確かだった。伊武も食べながら頷いている。

「ただ、色味はもうちょっと試行錯誤してもいいかも」

「そうか……」

「食べ物で青って難しいよな。その上、メタリックな色味だから」

「グラデーションの具合をもう少し考えてみる」

「うん」

他にも新作の練り切りや落雁を出してくれた。

スペーシーな未来の羊羹もいいが、定番の落雁にホッとする。兄が作ったうさぎの落雁は、形のある耳が口の中ですっと消えてなくなる甘い初恋のような和菓子だった。

美味しくてバクバク食べていると、伊武が口の端についた砂糖を指で拭いてくれた。

それを見た兄が一瞬固まった。小さな声でぼそっと呟く。

「仲がいいんだな……」

「え？」

「いや、貫禄のある社長さんに惣太が全然物怖じしてないのが、なんか不思議で……」

「あ、あはは。そうかな」

惣太は笑って誤魔化した。

貫禄とはヤクザの凄味のことだろうか。

それに気づかれると困るが、兄は二人の距離の近さに驚いているようだった。

「家にいるように見える」

「だから今、実家《いえ》にいるだろ？」

「そうじゃなくてさ」

兄が言葉に迷っている。少しして口を開いた。

「なんか、家族の距離みたいだなって思って」

家族という単語を聞いた伊武が黙り込んでしまった。惣太も気まずくなって、そっと俯く。

——兄ちゃん、俺……もうすぐ二重の意味でファミリーになりそうなんだ。

まだ言えそうにないけど、と心の中で呟く。

すると兄が突然、何かひらめいたように自分の手のひらを拳で叩いた。

「ああ、そうか！　惣太は骨と肉を生で見て触ったからか。本当の意味での〝骨肉の関係〟だもんな。はは」

生でとは一体？　と思ったが、兄の斜め上を行く回答に安堵する。

惣太がオペをしたから二人の距離が近づいたという解釈でいいのだろうか。

「そ、そうですね」

「はは」

「はっ、兄ちゃん面白いな。はは」

三人の笑い声が一斉にこだまする。

惣太と伊武の笑い声は落雁と同じくらい乾いていたが、兄がそれに気づく様子はなかった。

整形外科の医療用ＶＲ導入、一日目——。

会議室へ向かうと、すでに社長のキョウ・イーサン・Ｊｒが部下二人を連れて待っていた。

軽く頭を下げて挨拶する。

すぐに研修医と医学生に向けた医療教育プラットフォーム作成についてのプレゼンが始まった。

惣太をはじめとする整形外科の医師五名と、オペのサポートをする看護師数名が席に着く。それぞれの端末に流れてくるデータを確認しながら社長の説明を聞いた。

一時間にわたるプレゼンが終わった後、惣太は社長から呼び止められた。

「高良先生、ちょっといいですか？」

「えっと……あ、はい」

会議室から続々と人が出て行く。

社長の部下もいなくなり、気がつくと部屋で二人きりになっていた。気まずい時間が過ぎる。

「先生の全データを僕に譲ってほしい」

「え？」

さっきまで敬語だった社長が、突然、タメ口になった。表情も若干ラフな感じがする。

「データを譲るって、あの、どういう――」

「先生の全てが欲しい」

「えっと……」

顔を近づけられる。

ふわりと甘い匂いがして、息が詰まった。

キスされる——そう思った瞬間、惣太の背後にあった電子ホワイトボードを社長が指差した。

「視聴ではなく体験を——」

「はい」

さっきの説明で聞いた言葉だ。

「つまり、XR《クロス・リアリティ》を分かりやすく説明するには、誰かのデータをVRで実体感してもらうのが一番なんだ。だから先生のCT画像が欲しい」

「えっと、それって——」

「CTデータを再構成した3D画像をポリゴン形式でファイルに書き出せば、先生の内臓や骨の3Dモデルを作ってVR画像に加工することも、それを3Dプリントして立体造形することもできる。つまり、先生そのものが僕の手に入るんだ」

ちょっと何言っているのか分からない。

曖昧な笑顔で誤魔化していると、ぐいと詰め寄られた。

顔が近い。

超絶イケメンだ。

「医療画像のやり取りは個人情報保護法で取り扱いが厳格化されている。患者様のデータを無断で使うわけにはいかない。けれど、本人の同意があればデータを使用したり、第三者に提供したりしても問題はないんだ」

「それで俺のデータを——」

「そうだ」

「データの提供はプラットフォーム作成のため……ですよね?」

「もちろんだ。他意はない」

「後輩医や患者さんのためになるなら、いいですけど」

「Thanks God!」

突然のガッツポーズ。

——なんだそれ。

規定演技を全くしないタイプの人なんだなと、心の中で突っ込む。情緒は滅茶苦茶のようだが底抜けに明るくポジティブだ。

「先生の体が僕のものに!」

「え?」

「いや、なんでもない。心の声が出ただけだ」

出ちゃいけないやつだろと思いつつ、ポリゴンデータの作成に必要なCT画像を提出するくらいは構わないと納得した。

「先生はやっぱり優しいな。医師としての信念も、患者に対する思いやりもある」

「仕事ですので」

「そして、この透明感」

「——へ?」

「存在そのものがピュアで透明だ。透き通って、もう見えなくなりそうだ」

社長は惣太の肌を見て感心したように頷いている。そのまま頬に触れそうな距離まで手を近づけられた。

「コツメカワウソのような可愛さと、モンシロチョウのような純粋さ、そして、生しらすのような透明感。ぜひとも、VRアプリで中まで見てみたい……」

「……生……しらす」

変態という二文字が脳裏に浮かんだ。いや、さらに一文字足してド変態だ。

だが、仕方がない。どの時代、どのジャンルでもド変態が世界を救うのだ。

医療にしろ技術にしろ、それに傾倒し、心を奪われるほど夢中になっているオタクの奇人が新しい世界を開く。世の中のほとんどのことは、こんなふうに進化してきたのだ。

「データはすぐにでも提出できますよ」

「そうか。ああ、よかった」

社長は納得したのか、惣太を緩やかな壁ドンから解放した。

キラキラの魔力から少しだけ解放される。

「あの、社長は――」

「社長じゃなくていい。キョウと呼んでくれ」

「それは無理です」

「では、キョウさんでいい」

「はあ……」

なんとなく話が噛み合わないが、男の情熱だけは感じ取れた。

惣太も内心、このVR医療には期待を寄せている。

デモンストレーション用のオペを担当するのは気が重いものの、実際の診察や治療にVRの技術が使えればできることも増える。全ては患者を救うためだ。

「世界が変わる瞬間を先生に見せたいんだ」

「……はあ」

社長は歯を見せて笑った。その歯並びは新鮮なトウモロコシみたいに艶やかで綺麗だった。

「僕の世界はもう変わりつつある」

社長はそう言うと、スーツの裾を華麗に翻して部屋を出た。

サイドベンツの切れ込みが舞い、背中がキラキラしている。廊下に光の道ができていた。

——王子様かよ……。

だが、角度のついたド変態だ。

惣太は大きく息を吐きながら、男の背中を見送った。

4. オンコール・ラブコール

「高良先生！」

林田と一緒に「はくよう」で昼食を取っていると、遠くから名前を呼ぶ声が聞こえた。

社長だ。

親し気に手を振る社長の姿を見て、林田が眉を顰めている。

「なんだ、アレ」

「あれって、イニティウムの社長だろ？」

「はぁ……おまえ、またか……」

林田はやれやれといった表情で溜息をつくと、コロッケ定食を食べている手を止めた。

「また、たらしたな」

「タラシタ？」

「そうだよ。その小動物に似たつぶらな瞳と仕草で、あの社長のハートを鷲づかんだんだろ」

「なんだそれ」

「見てみろよ、あの顔」

社長は料理の受け取り口でトレーを持ちながら、こちらに向かって微笑んでいる。

「ホントに胡散臭ぇよな。全く、何人《なにじん》だよ」

「失礼なこと言うなって」

「おまえは、ああいう変人――キラキラヤクザみたいなのを虜にするのが得意だよな。正真正銘のヤクザホイホイだ。ま、若い看護師や年配のおばちゃんにも、それなりに人気はあるが」

「社長はヤクザじゃないだろ」

「けどさ、なんかギラギラしてないか。目に来る痛さだ」

「目には来ないだろ」

二人でくだらない話をしていると社長がやって来た。トレーの上にカレーうどんが載っている。倍盛りのようだ。そんなものを、そんな量食べるのかと驚く。

――ホントに……何人なんだろう。

カレーうどん。スパイスと出汁。インドと日本……。

林田に突っ込んでおきながら同じ疑問が湧いてくる。

「先生のランチも美味しそうだ」

惣太の今日の昼食は味噌煮込みうどんだった。社長が上から覗き込んでくる。

「えっと……あの――」

「先生はどんな食べ物が好きなんだ？　おっと、お箸はここか」

社長は当たり前のように惣太の隣に座った。

なぜ隣に？　と思ったが社長は全く気にしていないようだ。林田が見えていないのか、惣太に対して前のめりの体勢で話し掛けてくる。

それを察した林田は口だけで「ごちそうさま」を言うと、トレーを持ってフェイドアウトした。

そのまま遠くの席に座り、そこから二人の様子を観察している。

――くそが。

いなくなるのかと思ったが、そうではないようだ。

観葉植物の陰でニヤニヤしている林田をぶん殴ってやりたい。けれど、社長が隣に座ったせいで惣太は身動きが取れなくなっていた。

「お稲荷さんか。美味しそうだな」

「えっと、あの……食べますか?」

「いいの?」

「はい。一つどうぞ」

はくようのお稲荷さんは三貫で一セットだ。一つくらいなら構わない。そもそも、そんなに欲しがられては断れないと思い、惣太は社長の皿に稲荷寿司を移動させた。

「ありがとう」

「……それにしても、生しらすとかお稲荷さんとか、社長は日本の文化に詳しいんですね。国籍はどちらなんですか?」

惣太の質問に社長は肩を竦めてみせる。どういう意味だろう。

「僕はそういうことに拘《こだわ》らないんだ。僕は僕という世界を生きている。人種も国籍も関係なく常に自由だ。誰にも、何ものにも拘束されない」

「そう……ですか」

無国籍なのだろうか。

そんなはずはない。日本語もペラペラでお箸も上手に使えている。日本に住んだことがあるのかもしれないと思った。

「そうだ！　先生に勧めたいものがあった」

「……なんですか」

社長は惣太に向かってスマホを出すように促してきた。某プラットフォームのアカウントを持っているかどうか訊かれる。

あると答えてから、スマホのロックを解除して渡すと、すぐにゲームアプリをダウンロードされた。どうやら新世代のメタバースゲームのようだ。そう言えば、社長はメタバースが専門だったなと思い出す。

「私の会社が開発したゲームなんだ」

「そうなんですね」

「一緒に遊ぼう」

「………」

フランクに誘われてしまった。

メタバースゲームはオンライン上の仮想空間《バーチャル》プラットフォームでアバターと呼ばれる自分の分身

を作成して、その世界を楽しむものだ。

ゲームで遊ぶことはもちろん、仮想通貨の獲得やコンテンツの作成・売買なども可能だ。そこで対価が得られたり、他者とコミュニケーションが取れたりする。一般的なオンラインゲーム──MMORPGなどと違って、コミュニティがプラットフォームを越えられるのがメタバースの特徴だ。

「先生のことをもっと知りたい」

「はあ……」

「もちろん、これはメタバースやXRの勉強にもなる」

そう言われてしまうと断れない。黙っていると社長が自分のスマホを見せてきた。

「先生のアバターを、僕が特別に作ったんだ。見てくれ」

「え？」

惣太のアカウントを確認するとカワウソの着ぐるみ（頭部のみ）を被った男の子が立っていた。その姿で白衣を羽織ってメスを持っている。外科医のようだ。

隣にはホワイトタイガーの着ぐるみ（同じく頭部のみ）を被ったスーツ姿の男性が立っていた。こちらは社長のアバターのようだ。

「可愛いだろう」

「……はい」

どうやら箱庭系のゲームのようで、土地を開発して畑や農場を作ったり、森や海で狩りをしたり、村でほっこりライフを楽しんだりすることができる『群がれキラキラの森』的なアレだった。ずいぶん、オーソドックスで可愛いゲームを勧めるんだなと思う。

「先生が困らないように色々用意した」

「…………」

「なんでも言ってくれ。どうにでもなる」

「え？」

「全部、先生の思い通りになる」

「それって――」

思わず、どうにでもなったら面白くないだろ！　と突っ込みそうになる。

この可愛い世界観が社長の金と権力で捻じ曲がり、ギラついていくのだけは見たくなかった。それはもう忖度の森だ。

「ああ……先生とキラキラの森で一緒に暮らしたいな」

「は、ははっ」

「ここでカップルになって結婚する人も多いんだ。結婚式もプラットフォームの中でできるし、HMD《ゴーグル》を装着すればVRでも楽しめる」

「そ……そうですか」

「ああ、夢が広がるな」

社長の目は夏休みの小学生男子みたいに輝いていた。

本当に純粋で真っ直ぐな目をしている。そんな一面もあるのかと驚いた。

「とにかくプレイしてみて」

「……はい」

社長はもの凄い勢いでカレーうどんを食べると、爽やかな笑顔を残して食堂を去った。

＊　＊　＊

自宅に帰り、仕事の疲れを癒しながらベッドの上でスマホを触っていると、画面の上に見慣れない通知が出た。例のゲームアイコンのようだ。

気になってアプリを立ち上げると、キョウタイガーさんからお手紙が来ていた。キョウタイガーは社長のアバターだ。


【カワウソウ太先生へ】

今日はおいなりさんをくれてありがとう。とても嬉しかったよ。

お礼にお魚を用意しました。受け取って下さい。

キョウタイガーより

プレゼントボックスを開くと確かに魚が三匹入っていた。

——わあ、可愛い……。

どうやら観賞用の魚のようだ。水槽に入れると元気に泳ぎ始めた。

ネオンテトラのようなデザインだが、色がパステルカラーで創作《ファンタジー》の魚なのだと分かる。

――綺麗だな。

社長が惣太のために作ってくれたのだろうか。

ゲームで得たアイテムやキャラクターをNFTとして売買し、メタバース内で小銭を稼いでやろうと息巻いていた守銭奴の自分が恥ずかしくなる。他にも狩りの道具や着替えをプレゼントされたが、必要以上のものはなかった。可愛い世界観に心がふわりと軽くなる。

自分のアバターを使って、仮想空間の中でもう一つの生活を持つのも悪くないと思った。

それも人生の一つだ。

しばらくゲームで遊んでいると伊武から声を掛けられた。

「何をしてる?」

「ん? あ、えーと、ゲームです」

「先生がゲームなんて珍しいな」

「仕事の一環かな……」

「そうか」

伊武から仕事の内容を訊かれた。

VR医療の話をするものの、キョウ社長のことは言えなかった。

なんとなく、言わない方がいい気がした。

「どこの企業が入ってるんだ?」

「えっと、イニなんとかって会社です。外資系のITベンチャー企業なんで、さすがの伊武さんも知らないかも」

「社長が直接、VRの運用に介入しているのか?」

「あ、でも、科によって違うから……整形外科《うち》はどうなるかな」

「まだ決まってないのか?」

「はい」

――嘘だ。

社長が担当しているのは惣太がいる整形外科だ。

どうしてそんな嘘をついたのだろう。自分でも自分の気持ちが分からなかった。

「先生」

「んっ……」

不意に首の後ろを取られてキスされる。そのまま激しい、深いキスになった。

唇を吸われながら舌を絡め取られる。

スマホがベッドから落ちたが、それにも気づかなかった。

――ああ……。

リアルって、どうしてこんなにも気持ちがいいんだろう。甘くて苦しくて、たまらない気持ちになるんだろう。そして、凄く幸せなのに、ちょっと切ないのだろう。

「伊武さん……」

「征一郎だ」

「うん……」

ベッドにきつく押しつけられる、この瞬間が好きだ。逃げようと思えば逃げられるのに、そうはしない。逃げたくないからだ。

求められることが嬉しくて、好きな人のものにされるのが幸せで、胸がいっぱいになる。

伊武の愛に押さえつけられて、シーツに手首が埋まった。つかまれた手から、拘束された体から、溢れ出るものがあった。

——大好き。

これだけ一緒にいるのに好きが止まらない。ずっとずっと、どうしようもないほど好きで、好きという想いに限界がないことを知る。それは伊武も同じのようだった。

「ああ……くそ——」

キスされながら下着の中に手を入れられる。性器をつかまれて硬さを確かめられた。自分の興奮がバレるのが恥ずかしくて身を捩る。

「キスだけで、こんなにか?」

「うっ……」

慣れた手順で扱かれて先端を濡らされる。雫をすくった指先で敏感な裏筋を擦られて、あっという間に限界を迎えそうになった。

伊武の手は大きくて温かくて気持ちがいい。何をされても感じてしまう。その逞しい手のひらで陰嚢を包まれて、恐怖と興奮で喉がひくんと震えた。

「先生、結構溜まってるな」

「調べないで……いいし……」

玉の重さでバイタルチェックしないでほしい。そう思っても、自分の体の隅々まで伊武に熟知されている。重さも硬さも全部、知られていた。

伊武がもう片方の手を伸ばして、ベッドの横にあるキャビネットの引き出しを開けた。中から何かを取り出す。

惣太のボトムと下着を足首までずらすと、片方を抜いてM字に脚を開かせた。パチンと乾いた音がして、臀部の隙間にジェルを垂らされる。そのまま前に手を回された。

何かと思っているとコンドームを装着された。根元までゴムを下ろされて薄い膜の密着感に喘ぐ。これは惣太用のサイズだ。伊武はこれとは別にXLサイズのものを愛用している。

「シーツを汚したくないだろう」

「あっ……」

「今日はもう限界だ。今すぐ俺を挿れたい」

伊武が耳元で囁きながら、濡らした窄まりに指を埋めてくる。上下左右の肉壁を広げて、中を愛撫しながら、長い指が奥へと進んできた。

——指も、節も……気持ちいい。

伊武の硬くて長い指の感触に煽られて無意識のうちに、ぎゅっと締めつけてしまう。

「くそ……先生の中は、こんなにも狭くて熱い」

「あっ……んっ……」

「ここを俺のものでいっぱいにして、先生を思いきり泣かせたい」

前立腺を中から刺激されて興奮で体が沸いた。コンドームの精液溜まりの部分に、透明な腺液が溜まっていくのが恥ずかしい。自分のそこはもうガチガチだった。

「ああ、可愛いな。その目で俺を見てくれ」

「んっ、伊武さん……」

「違うだろう」

「征一郎……が……欲しい」

「くそっ」

下着を剥ぎ取った伊武が、惣太の脚を押し広げながら覆いかぶさってくる。

伊武のナマコは天を突くように上を向いていた。

——ああ……。

欲情で沸いた唾液をゴクリと飲み込む。この瞬間が一番怖くて、一番興奮する。

「惣太」

名前を呼ばれて、張りつめた亀頭を孔に押し当てられた。

——あ……熱い。

熱い滴りを惣太の襞に擦りつけながら、張りつめた怒張の先が肉の環を潜り抜けてくる。柔らかい内壁をこそげるように突き進みながら、弾力のある亀頭が惣太の前立腺を内側から押し上げた。

「あっ……や、ああっ……」

「気持ちよさそうだな」

「あっ……中が……うっ……」

「そんな顔も可愛い……愛してる、惣太」

鼻先が触れる距離で熱く見つめられながら犯される。羞恥と気持ちのよさで、もう脳が溶けてしまいそうだ。

自分の性器の根元辺りを中からぐいと刺激されて、左右に揺らされる。

それだけで射精しそうになった。

——限界だ……。

伊武のペニスを全部受け入れるまで我慢できそうにない。道を作りながら進んでくる亀頭の膨らみに、精管まで押されたような気がした。

「気持ちいい……あっ……もう——」

「まだだ」

熱さと硬さで、そこがいっぱいになる。

ずんと奥に突き込まれて、伊武の全形が入った瞬間、惣太は射精していた。

5. 消えたプロポーズ

朝の回診を終えて、ＶＲ導入業務のために会議室へ向かうと何やら騒がしかった。

「わー、やっぱり凄いですね」

オペ室看護師の水名《みずな》がＶＲゴーグルを着けた状態で感想を述べている。

他の看護師や医師たちも同じように歓声を上げていた。

「今までのやつは、ただの映像だったのに……これだと全方向から見える。立体だし、近づいたり離れたりもできる。うおっ、俯瞰になった。神の視点だ、ウケる！」

林田がゴーグルを着けた状態であちこちを見ながら両手を動かしている。指揮者に憧れている酔っ払いみたいでちょっとだけ怖い。

「あー、執刀医《せんせい》からはこう見えてたんですねー。器械出しの位置からだとこんなふうには見えないです」

水名がそう言うと、社長が大きく頷いてみせた。

「これまでの２Ｄもしくは３Ｄ映像はカメラのレンズが向いている視点——つまり術者なら術者、助手なら助手の一視点からの映像しか見ることができませんでした。天井からの録画もしかりです。しかし、弊社の医療用ＶＲシステムは違います。時間と空間における人の動きと、物の座標軸を全て記録しているので、現実世界がそのままＶＲで再現できるのです」

社長が説明を続ける。それによると、イニティウム社のＶＲは三次元の空間記録が利用されているので映像を三六〇度、全方向から見ることが可能だという。

「つまり、どの立場、どの角度からも見ることができるので、執刀医の技術を第一助手である前立ちの位置から見て盗め、などといった前時代的な教育をしなくてもよくなります」

確かにオペ室の指導には視点の問題があった。

第一助手は執刀医の前に立つので〝前立ち〟と呼ばれているが、第二・第三助手の立ち位置になると術野がほとんど見えないこともある。

助手は主に鉤引《こうひ》きと呼ばれる、鉤《かぎ》のような器具を使って組織を牽引し、術野を見えやすくして手術の操作性を上げる作業をするが、当の本人が見えなくては教育の意味がない。

「弊社の教育プラットフォームを使えば、神の手と呼ばれる外科医の技術を、同じ視点・同じやり方で追体験することができます。動きをトレースすることで、熟練の技をすぐに真似できる。この高良先生の骨接合もです！」

社長が突然、ＶＲゴーグルを惣太に装着してきた。

なんだろう。よく見えない。

しばらくすると、それが誰かの内臓と骨格のＶＲ画像なのだと分かった。全方位から見ることができて感動する。自分が小さい人間になって体の中を冒険しているような没入感があった。

「ああ、可愛い」

「へ？」

「頭蓋骨が小さい。骨格まで美少年だ……」

社長も同じVRを見ているようだ。

――もしかして、これは……。

骨格と内臓が交互に表示される。

嫌な予感がした。

「手脚のバランスも綺麗だ。内臓の形も美しい」

「あの、これって――」

「高良先生のCT画像をVRにしてみました」

すると、他の医師や看護師たちが納得したような声を上げた。

「なるほど。これだと立体診断やオペ前のカンファレンス、患者さんの説明にも使えますね」

「うん、分かりやすい」

隣にいる社長が、惣太にだけ聞こえる声で「先生の体はどこも綺麗だった」と呟いた。

信じられない。

あれもこれも勝手にVRにされて見られたのだと思うと腹が立つ。

「変なこととしてませんよね？」

「変なこと？　なんだろう。僕にはさっぱり分からないな」

社長は澄んだ目でわざとらしく肩を竦めてみせた。

――この野郎。

生しらすがどうとか言っていたが、やはりＣＴのデータを二次利用されたのだと、自分の考えの甘さを呪った。リアルで社長に裸を見られたような気分になって恥ずかしさが募る。

惣太は心の中で悪態をついていたが、周囲の医師たちはこの技術に光明を見出したようだった。追体験できるデジタルデータをクラウドに上げれば、世界中のどこにいても、学生や研修医がその内容を学ぶことができる。既存のスマホに枠をつければＶＲゴーグルとして使えるので、リモートでの講義も可能だ。

世の中は加速度的に変化している。自分が医大生や研修医だった頃との違いに溜息が洩れた。

とりあえず今日のＶＲ業務はこれで終わりだ。

惣太は午前の診察のため外来棟へ向かった。


外来での診察を終えて、はくようへ向かう。

とにかくランチだ、カロリーだ。

美味しいものを食べて気分を落ち着けよう――。

誰にも見つからないように観葉植物の陰に隠れて油淋鶏《ユーリンチー》を食べた。

ゴマ油が香る甘辛いネギダレ、表面がザクザクの衣、肉汁たっぷりの鶏肉。やはり揚げ物は正義だ。油《カロリー》が最高に美味しい。

ご飯をお替りしようかなと考えていると、突然、目の前に社長が現れた。立ち上がる前に隣に座られる。

――くそ、速いな。

おまえは光か！　と突っ込みそうになる。常にキラキラしているのはそのせいか。

「わざと……ですよね」

「何が？」

「いや、もういいです」

「そんな顔しないで」

テーブルの上に巻き寿司の皿を置かれた。巻き寿司なんかで買収されない。されてたまるものか。

毅然とした態度でいると、その一つを自分の皿に移された。

「僕が悪かった。ごめんなさい」

「へ？」

小学生男子みたいな謝り方に一瞬、固まる。

「断じて変なことには使ってない。自分の心に誓ってそれはないと言える」

「……はあ」

社長は真面目な顔をしていた。

「先生には礼を言いたいんだ。高良先生のＣＴデータを使うことで、今日は整形外科の皆さんの理解と同意を得られた。やはり、どんなことも実体験が一番なんだ」

「そうですね」

確かにあのＶＲ画像は分かりやすかった。

術前に患者の臓器の形や癖、癒着の度合いなどが分かればオペはスムーズに進められる。隠れていた血管や神経を損傷させるといった事故も防げる。立体化されているとはいえ、ＣＴやＭＲＩでの画像診断には限界があるからだ。今日はそれが分かった。

「先生、笑って」

「え？」

「僕は人を笑顔にするためにこの技術を開発したんだ」

社長はそう言うと視線を遠くに投げた。

「もちろん initium 社がやっているのはビジネスだ。ボランティアではない。ＶＲの技術利用で確実に利益を上げて株主や社会に還元する。それが社長としての僕の仕事だ」

「はい」

「けれど、技術は金儲けのために存在するんじゃない。人を幸せにするために存在するんだ」

社長は惣太の目を見た。

「僕が今、普及させようとしているこの技術は、全ての人々を幸せにする。低侵襲・短時間のオペは患者さんの負担を減らし、安全なオペは医師のストレスと訴訟のリスクを減らす。ＩＴ企業は技術を医療分野に売ることで、これまでのＶＲの開発に費やしたリソースを回収できる。まさにウィンウィン、皆が笑顔になるイノベーションなんだ」

「確かにそうですね。俺も感動しました」

「だから、そんな顔しないで。高良先生にはいつも笑顔でいてほしい」

「えっと――」

「もう変態VRしないから」

その言葉に思わず笑ってしまう。

本当にしたのかどうかは分からないが、社長の誠意は伝わってきた。

とても真面目で一生懸命な人なのだと分かる。

何よりもその技術で世界中の人を幸せにしようとしている、真摯な思いが惣太の心に真っ直ぐ響いた。惣太が医師のスキルで患者を助けたいと思う気持ちと同じだからだ。

「ああ、よかった」

社長が軽く息をつく。惣太と同じように笑顔になった。

「先生の笑顔は可愛いな」

「うっ……」

「うん、やっぱり可愛い」

社長は巻き寿司を一つ食べると、またニッコリと微笑んだ。


「それでは皆さーん、今年、何回目か忘れましたが、我が柏洋大学医学部付属病院整形外科教室、恒例の飲み会『皐月会《さつきかい》』を始めたいと思いまーす。いいですかー、いきますよー、カンパーイ!」

スポーツ医学が専門の上級医が乾杯の音頭を取る。若き整形外科《オルト》のメンバーはそれぞれ掲げていたグラスを合わせた。

飲み会といっても教授クラスは参加しておらず、上司は准教授しかいない無礼講の宴席だ。いつものように銀座で一次会を終えた後、新橋のキャバクラのＶＩＰルームを貸し切って二次会へと移行していた。

通常と違うのはイニティウムの社長が参加していることだ。今日の飲み会に出席しているメンバーのほとんどが、ＶＲ導入の業務に関わっている医師たちだった。

幹事に続いて社長が挨拶する。

すると、女の子たちから歓声が上がった。

さすがキャバ嬢、金の匂いには敏感だ。社長はあっという間に取り囲まれて「カッコイイ」「イケメン」「モデルみたい」と賛辞を受けている。

乾杯のグラスを置き、ＶＩＰルームにあるブースに着席すると、それぞれにキャストの女の子がついてくれた。惣太の隣にも二十歳くらいの若い女の子が座ってくれる。

「高良先生はこっちへ」

その瞬間、社長から声を掛けられた。少し離れた場所から自分の隣に座るように促される。

どういうことだろう。

こういう場では、男女男女と交互に座るものだ。キャストの女の子たちもキョトンとしている。社長が譲らないので、惣太は仕方なく近づいてその隣に座った。

「嫌だった？」

「え？」

甘い声で囁かれて、周囲から見えないようにやんわりと腰を抱かれた。

社長とこんなにも密着したのは初めてだ。ふわりと爽やかな香水の匂いがして心臓が変に波打つ。

――へ？

おかしいだろ。

なんで俺はキャバ嬢じゃなくて社長にドキドキしているんだと、自分で自分にツッコミを入れる。

男だぞ、いや、社長だぞと、脳内が混乱していた。

社長が小声で話し掛けてくる。横を向くと近い距離に顔があった。

うん、イケメンだ。それは認めよう。

けれど、ただそれだけだ。それ以上も以下もない、美しい鳥を見て「綺麗だな」と思うのと同じことだった。

「先生はピュアだから……」

「え？」

「こういう場所は似合わない」

なんだろう。やっぱり童貞臭がするのだろうか。こっそり自分の肩あたりを匂ってみる。

「もし、こんなにもピュアで真っ直ぐな先生に手を出す人がいたとしたら、それは相当の変態だ。許し難き蛮行だ」

「変態……蛮行……」

伊武の顔がチラリと脳内をよぎった。

変態&蛮行——ハイブランドの名称のようだが、言われてみれば確かにそうかもしれない。

オペを執刀しただけなのに好きだと言われて追い掛け回された。薔薇の花束を渡されてプロポーズされた。強引に唇を奪われた後、キラキラした目で未来を語られた。

別に変態でも蛮行でも構わない。それが運命だったのだから——。

ふと笑顔になる。その表情のまま社長と目が合った。

「うん、可愛い。変な害虫がつかないように、今日の先生は僕が守ろう」

「あの……えっと——」

「僕といるといい」

社長はそう言うと、惣太の背後に回していた手で惣太の左手を握った。テーブルの下は暗くて誰からも見えない。分かっていて手を繋いだのだ。

「……ちょっと、これは」

「先生と初めて会った日、あの時は先生が手を握ってくれた。凄く嬉しかった」

「はあ……」

「だから今日は僕が握る」

よく分からない理論だが、社長は余裕の表情でこうすることが当然なのだと諭してくる。

距離感の近さのせいか妙に喉が渇いた。頭がぼーっとする。

気まずい雰囲気をやり過ごすために、惣太はいつもより速いペースでグラスを傾けた。

しばらくすると別の席についていたキャストの女の子が近づいてきた。黒服が案内してくれる。どうやら古株のようだ。

「さっきから気になってたんですけど、お二人は仲がいいんですね」

「そうだ」

隣いいですかと言って、社長の横に座った。そのまま惣太の顔を見ると、何か思いついたように手を叩いた。

「あ、そうだ！　ドクターの皆さんがいつもやる、キスゲームで人気の先生ですよね。私、覚えてます！」

「キスゲーム？　それはなんだ」

いつもより低い声で社長が尋ねた。

「将軍様ゲームですよ」

「この店でいつもやるのか？」

「そうです」

社長の顔が一気に険悪になる。背後に冷たいカーテンが降りてきたように場の雰囲気が変わった。

――怖っ！

惣太がたじろいでるのを知ってか知らずか、女の子は笑顔で言葉を続ける。

「あ、でも、キャストの女の子とのキスじゃないですから安心して下さい。ウチの子たちは、まだ誰のものでもありません。お気に入りの子がいたら指名して下さいね。私だといいな〜、あはは」

「では、誰とキスするんだ」

「先生同士で、ですよ。最後はいつも男同士でやってますよね。整形外科の先生たちは、そういうしきたりとか文化でもあるんですか？」

「先生たち……文化……男同士……しきたり……」

社長は小さく呟いた後、黙り込んでしまった。

場の空気が一気に重くなる。

そのまま静かに飲んでいると、幹事役の上級医がボトル片手に近づいてきた。足元がフラついている。ずいぶん酔っぱらっているようだ。

「あー、もうハウスボトル全部、いっちゃってー。社長も、もっと飲んで下さいねー」

フロアを見渡すと、いつものように他のドクターたちも酔っぱらい始めていた。カラオケを楽しむ者、ソファーで半分寝ている者、陰でキャバ嬢といちゃついている者など、様々だ。

整形外科は力仕事の男所帯もあってか、他の科と違って明るく朗らかなドクターが多く、飲み会は今日のように体育会系のノリで盛り上がるのが常だった。

「あー、そろそろ恒例の将軍様ゲームを始めましょうか」

上級医がそう言った瞬間、社長にぐいと手を引かれた。

「出よう」

「え？」

「ここから、こっそり出よう」

「あの――」

社長は有無を言わさぬ目をしている。惣太は断れず、トイレに行くふりをしてそのまま外へ出た。

雑居ビルの階段を下りて、細い路地に出る。

手を引かれながら夜の街を走った。

酔っぱらっているせいだろうか。幾重にも重なるイルミネーションが光の道になって綺麗だ。VRの中にいるような独特の浮遊感がある。

静かな裏路地に入ったところで、社長が足を止めた。

「先生?」

「うーん」

「大丈夫?」

「……ちょっと、酔ったかも……です」

そもそも惣太は酒に強くない。一次会から飲んでいたため、すでに足元が怪しくなっていた。

「走ったから……かな。あはは」

体が熱い。頭がぼんやりする。

大通りまで出ようと後ろを振り返った瞬間、転びそうになった。

慌てて社長が体を支えてくれる。上半身を抱かれているような体勢になった。

「先生は小さいな……」

「…………」

「こうしていると分かる。愛おしくてしょうがない……」

駄目だ。意識が飛びそうだ。眠くて仕方がない。

男の声も遠くなる。

「誰かの体温が愛おしいなんて初めてだ。そうか。やはり、この世にリアル《これ》を超えるものはないんだな……」

惣太を抱いている腕の力が強くなった気がしたが、もうよく分からない。このままだと地面に膝を着いてしまいそうだ。

「先生は僕の運命の人だ。あの出会いも、今二人がここにいることも、奇跡なんだ」

「…………」

「この気持ちは本物だ。嘘じゃない」

男はそこで一度、言葉を切った。

夜の湿った風が吹き、社長の前髪がわずかに揺れる。

「高良先生を好きになった。僕と人生を共にしてほしい」

視界が狭くなる。体が熱くなった気がした。

早く大通りに出て……タクシーを拾って……家に帰らないと……。

——伊武さんが心配してる。本当に帰らないと。

よろよろと歩く。

遠くに信号機が見えた。とにかくあそこまでと懸命に足を進める。

大通りに出て、誰かに住所を告げた気がしたが——そこで意識が消失した。


人の声がする。

夢を見ているのだろうか。

このままずっと眠っていたい。そう思うのに、意識がどんどん覚醒していく。

——先生。

誰の声だろう。

艶のある男の声だ。

「……んせい」

肩に何かが触れた。

気になって目を開ける。すると知らない天井が見えた。

「え?」

「先生、大丈夫?」

「あ、あの……えっと——」

社長から声を掛けられて驚いた。

慌てて周囲を見渡す。どうやらホテルの一室のようだ。惣太はベッドの上で一人寝ていた。

ブランケットを捲ってさらに驚く。全裸ではないが下着しか身に着けていなかった。白いTシャツとボクサーパンツ姿のまさに初期アバター状態だ。

「先生?」

社長が心配そうな表情で尋ねてくる。

社長はスリーピースのジャケットを脱いだウエストコート姿で、Yシャツの袖を肘まで捲り上げていた。緩めたネクタイに男の色気が滲んでいる。

「あの……これって——」

「心配しなくていい」

社長は微笑んでいる。どういうことだろう。

一瞬、変な妄想が思い浮かんだが、怖くて聞けなかった。そもそも、そんな妄想をする自分が嫌だ。

社長が惣太の傍まで近づいてくる。

ベッドサイドに軽く腰掛けると、手を伸ばして惣太の頭を優しく撫で始めた。

「わっ!」

「だから、驚かないでいい」

「でも——」

「本当に慣れていないんだな」

「え?」

「反応もピュアで可愛い」

「あの、それって」

「いや、いいんだ。こっちの話だ」

社長はまだ惣太の頭を撫で続けている。笑顔がキラキラしていた。

惣太はこの状況に動揺しつつ、自分が着ていた服の行方を社長に尋ねた。

「店を出た後、先生は道路で転んだんだ。覚えてない？」

「そう……でしたか」

「その後、眠ってしまったから、この部屋に連れて来た。ここは僕が暮らしているホテルの一室で、日本に滞在する時はいつもここを使っているんだ。雰囲気がいいだろう？」

部屋をぐるりと見回す。確かに家具とファブリックが落ち着きのあるゴールドとブラウンで統一されていて、天井が高く、空間に奥行きがあった。パッと見ただけで、飾られている絵や花瓶やランプが、リプロダクト品ではなく本物なのだと分かる。

星がつくようなラグジュアリーホテルなのだろう。天井まである嵌め殺しの高窓から美しい夜景が見えた。

「あっ！」

夜景を見て急に我に返った。

明るくなる前に家に帰らないと、と焦る。

以前、酔い潰れて医大時代の友人の部屋に泊まった時、惣太の身を案じた伊武が暴走してしまったことがあった。あの時はヤクザ丸出しの格好で、部下の田中と松岡を連れて惣太を迎えに来たのだ。ほとんど強制連行だったけどな、と思い出す。

――このままだと、色々まずいことになりそうだ。

伊武との約束で、スマホのスケジュールの同期とGPS検索アプリは外してもらったが、伊武のことだ。何かあればどんな手段を使っても追跡してくるだろう。

「服を返して下さい」

「先生の服は汚れていたから、ホテルのクリーニングに出しておいた。すぐに、できあがるから心配しなくていい」

「でも、もう帰らないと……」

「ん？　先生は明日、休みだろう。今日はこの部屋でゆっくり休んで、明日の朝、帰るといい。朝食を一緒に食べよう。このホテルのクロワッサン・エッグベネディクトは最高なんだ。サクサクのクロワッサンにとろとろのポーチドエッグが挟んである。どうかな、美味しそうだろう？」

とろとろの卵なんかどうでもいい。今、自分の脳内がスクランブルエッグ状態だ。

もしこの部屋に伊武が来たらどうなるか、考えただけでも恐ろしかった。

社長に手を出したりはしないかもしれないが、下着姿の惣太は相当詰められるだろう。スマホの電源は今のところオフになっている。この間に帰る方がいい。

「家で待っている人がいるので……」

「人？　家族か何かか？」

婚約者とは言えず、けれど、両親というのもおかしい。惣太は咄嗟に思いついたことを答えた。

「犬が……大型犬がいるんです。餌をあげないといけなくて」

「なるほど、そういうことか。驚いた。先生に同棲している恋人がいるのかと思った」

「あはっ……恋人なんて、そんな」

「そうだよね」

二つの乾いた笑いが響く。社長は惣太の言葉に、なぜかホッとしているように見えた。

「帰ります」

惣太はベッドから起き上がった。

社長がフロントに電話してくれる。クリーニングが終わった服をホテルの従業員が部屋まで持ってきてくれた。それを着て部屋を出る。

社長は心配だから家まで送ると言って聞かなかったが、さすがにそれは断った。呼んでもらったタクシーで帰る。

窓の景色が徐々に明るくなった。

――やっぱり、これだと朝帰り……だよな。

朝日が目と心に沁みる。

なんとなく重い気持ちになりつつ、マンションの部屋まで戻った。

音がしないように、と祈りながら玄関の鍵を開ける。

恐る恐る扉を開くと、予想通り伊武が仁王立ちしていた。

「あ、あはっ……ただいまです」

「………おかえり」

「ちょっと途中で寝ちゃったみたいで……あはは」

「キャバクラでか？」

「うーん、なんかそんな感じです」

顔が怖い。

眉間の皺がパグぐらい寄っていた。あの時はドーベルマンだったが、今日はパグだ。

「もう、外は明るい。これは、れっきとした朝帰りだ」

「……ごめんなさい」

「今までの飲み会で、こんなことは一度もなかった。本当に心配した。連絡はできなかったのか？」

「いつもより飲んじゃったみたいで……ごめんなさい。そのまま寝落ちしました」

伊武は腕を組みながら苦い顔をしている。何か言おうとして、やめた。

「朝帰りは、新しい仕事のせいか。例のなんとかという企業の新業務のせいなのか？」

「えーっと」

「その社長のせいか？」

「えっ！」

思わずビクッとしてしまう。

なんとか誤魔化そうとして笑顔を取り繕った。口角は上がるが、そこが微かに歪むのを感じる。

すると、いきなり伊武から抱き締められた。

強い力で身動きが取れない。苦しくて呼吸ができなくなった。

「伊武……さん……」

「先生のそんな顔は見たくない」

「あの……」

「見たくなかったし、そんな顔をさせたくもない」

どういう意味だろう。言いたいことがよく分からない。

それなのに息苦しくて、胸が苦しくて、たまらない気持ちになる。

「先生は、いつもの純粋な笑顔のままでいてほしいんだ」

最後は消え入りそうなくぐもった声だった。

この場をやり過ごそうとして笑ったのがいけなかったのだろうか。

そうかもしれない。惣太は誤魔化すための浅はかな行為を謝ろうと思った。

「心配を掛けてしまって、本当にすみませんでした。こんな時間まで起きて待っててもらったのに、朝帰りしてごめんなさい。伊武さんだって忙しいのに……」

「分かればいい」

伊武はそれ以上、何も言わなかった。

いつものようにホットミルクを用意してくれる。惣太が飲み終えるのを待って、清潔なパジャマに着替えさせてくれた。そのまま横抱きにされてベッドに乗せられ、優しく布団を掛けられた。

「先生、おやすみ」

「……おやすみなさい」

前髪を上げられて額に軽くキスされる。

伊武は全ての遮光カーテンを引いて照明を落とすと、静かに部屋を出た。

部屋が暗くなり、寝室で一人きりになる。隣にクマのぬいぐるみを置かれたが、ベッドは広かった。

——伊武さん……。

こんなふうに好きな人を心配させるのが嫌だと思った。

本当に嫌だ。

自分は何をしているのだろうと思う。

「あー、もう」

自己嫌悪でわーっと声を出したくなる。

やっぱり難しい。恋愛は難しい。またしくじったのだと思って自分が嫌になる。

——ああ……。

これまでずっと、恋愛のゴールは「結婚」だと思っていた。

婚約は正真正銘のハッピーエンド。

だから、ここからはずっと幸せが続いていくはずだった。一緒に暮らしているんだし、もう不安になったり、誰かに嫉妬したりすることはない。お互いを信じて、愛を誓い合ったのだから、それが揺らぐことは絶対にない。惣太はそう信じていた。

でも——

付き合っていた頃よりずっと一緒にいるのに、なぜか遠い気がする。時々、小さな溝を感じることさえあった。

距離も時間も同棲している今の方が濃密なはずなのに、どうしてなのだろう。

この焦燥感にも似た不安な心の揺れは、どこから来るものなのか。

――やっぱり、分からない。

いくら考えても答えは出なかった。

自分に自信がなくて不安になるのも嫌だが、そのことで相手を不安にさせるのも嫌だ。だからずっと、自分に自信を持つように努めてきた。この恋に誇りを持つように過ごしてきた。

伊武からもらったたくさんの愛情を支えにして――。

これからもそんなふうに生きていきたい。

伊武と生きていきたい。

心の内で強く誓う。これは自分の決意の再確認だ。

クマのぬいぐるみをぎゅっと抱き締める。

わずかに伊武の匂いがして、そのまま眠れる気がした。


週明け、病院の会議室でＶＲゴーグルをしていると、後ろから声を掛けられた。

ゴーグルを外して振り向くと社長だった。

「先生、おはよう」

「あ、おはようございます」

「ワンちゃんは大丈夫だった?」

「ワンチャン? ああ、えっと、大丈夫でした。ありがとうございます」

失言しそうになってヒヤヒヤする。あの夜、社長には犬を飼っているからと言って家に帰ったのだ。実際にいるのは、大型犬というか虎みたいな恋人だったが、それは黙っておく。

「先生と一緒に朝食を食べたかったのに……」

「すみません。汚れた服を洗濯までして頂いたのに、お礼もせずに慌てて帰ってしまって」

「お礼はいい。僕がやりたくてやったことだ」

「……はい。色々とありがとうございました」

変な妄想のせいで社長のことを疑っていたが、よくよく考えれば、酔って眠ってしまった惣太を善意で介抱してくれたのだ。わざわざホテルまで連れて行ってくれて、服も綺麗にしてくれた。

——やっぱり、お礼はした方がいいよな。

社会人として当たり前のことだと反省する。

「せっかくだから、今度、美味しいものでも食べに行こうよ」

「美味しいものですか?」

「うん。高良先生が好きなものなら、なんでもいい」

「はあ」

なんでもと言われると困るが、その時、一緒にお礼をすればいいかと思った。

惣太が誘いに乗ると、社長は嬉しそうな顔でサムズアップしてみせた。そんな仕草も様になるが、慣れてきた分だけ人としての可愛さを感じるようになった。

天性の人たらし。

そんな言葉が似合う。

伊武も同じライン上にいるが、社長はブラックホール並みの人たらしだ。吸い込んだ後、キラキラの粉をかけて相手を惑わせる。それも計算ではなく天然でやっている。

誰もが振り向く美貌と、他人に好かれて当然というスーパーポジティブな心を持っている。そして一見、ナルシズムに傾きそうな危うい雰囲気があるのに、そうではない素直さが独特の可愛さを生んでいた。

不思議な人だ。

変な意味ではなく、惣太は社長に対して純粋に好意を持ち始めていた。


夕食後、惣太は自宅のダイニングテーブルに着いてスマホを操作していた。

キラキラの森に〝カワウソウ太〟として入室する。ゲームの中は誰でも入れる【パブリックワールド】と、自分と友達だけが入れる【インスタンス】にエリアが分かれていた。

そのインスタンスの中で家具を作ったり、庭を弄ったりしていると〝キョウタイガー〟がやってきた。一言二言話す。

今している作業の内容を答えると、家具造りと家庭菜園を一緒に手伝ってくれるという。いずれはここで育てた野菜を使ってバーベキューをしようと誘われた。

キラキラの森はどうかと尋ねられる。

楽しいと答えた。けれど、パブリックワールドの湖の畔《ほとり》に一日中、裸で座っている男がいると言うと『ソウ太に変態するアバターだと困るからなんとかする』と言ってくれた。

ゲームの中には色々な人がいる。

実はその全裸アバターに一度、いらなくなった服をあげようとしたが反応がなかった。

メタバースの中で孤独を楽しむなんて変わっているなと思いつつ、そこに自分の分身を置いているだけで人は安心できるのかもしれないと思った。

自分は一人じゃない、誰かとどこかで繋がっている――。

そんなふうに人は、誰かと関わることを煩わしいと思いつつ、誰かと繋がっていたいと思う我儘な生き物なのだ。

そうこうしているうちに、キョウタイガーが木製のベンチを作ってくれた。

二人で並んで座って、ココアを飲む。

実際に飲めるわけではないが、美味しいねと感想を言った。

白い湯気が幸せの象徴のようだった。

『そうだ。ワンコは元気?』

不意に現実の話をされて戸惑いつつも惣太は答えた。

『元気です』

『何犬なの？』

『……えっと』

咄嗟に犬種が答えられず、伊武組の本家で飼っている正宗《まさむね》のことを思い浮かべた。

正宗は断耳と断尾をしていないドーベルマンだ。陽気で人懐っこい性格をしている。簡単に言うと番犬にならない、愛すべき天然《アホ》の大型犬だった。

『ドーベルマンです』

『ワンコの写真ある？　撮って送って』

犬のアバターを作るために参考になる画像が必要なのだと分かったが、いきなり言われて焦った。このままだと嘘がバレてしまう。惣太はスマホの中にあった正宗の画像を社長に送った。

『…………ずいぶん大きいな。先生の家、広いんだな』

『えっと、そうかもしれません』

ここでマンションだと答えると辻褄が合わなくなる。

やっぱり、嘘なんかつくもんじゃないと自省しつつ、やり取りを終えてキラキラの森を出た。

スマホをテーブルに置いたところで、伊武から声を掛けられた。

お風呂が沸いたよ、と教えてくれる。

惣太は一度、スマホを浴室の中まで持っていこうかと思ったが、考えてやめた。

その日は、スマホをダイニングテーブルに置いたまま一人でお風呂に入った。

6. 求愛

initium社の医療用ＶＲ導入から一ヶ月が経過した。

デモンストレーション用のオペの撮影も順調に進み、事故や怪我による骨接合だけでなく、難易度の高い人工股関節全置換術や頸椎後方固定術など、後輩医育成に役立つオペも幾つか撮影することができた。

業務が一段落したことにホッとする。

もちろんこれで終わりではない。撮影したデータを編集して、ＶＲや３Ｄプリントの立体造形にしたり、教育プラットフォームとして利用できるように運用の仕方なども学ばなければならない。

会議室の椅子に座って、ＶＲゴーグルを装着する。

自分のオペをＶＲで体験するのは不思議な感覚だった。役者が自分の芝居をモニターで確認するようなイメージだろうか。恥ずかしさと、どこか他人事のような冷静さが混在している。

惣太が最初のオペのＶＲを確認していると、隣に誰かが座った。

社長だ。

同じ映像を見ながら話し掛けてくる。

「やっぱり凄い」

「え？」

「高良先生はオペのスピードが格段に速い。けれど、急いでいるわけじゃない。なんなら他の先生よりも手の動かし方はゆっくりなぐらいだ」

社長が惣太の手技を褒めてくれる。

「速いのは無駄な動きをしないからだ。常に一手二手先のことを考えながら手を動かしている。ミスが全くないし、当然やり直しもない。速いわけだ」

惣太は何分何秒という数字にはこだわっていない。ただ、オペ全体のスピードにはこだわっていた。どんなオペでも時間が掛かれば掛かるほど、患者の負担が増える。速く済ませるに越したことはない。

「正確さ、的確さ、大胆さ、スムーズさの全てが揃っている。教材にするにはもってこいの逸材だ」

「褒めすぎです」

「そんなことはない。このシステムを開発して本当によかったと今、僕は感動しているんだ。僕のやりたいことを先生が全て具現化してくれた」

「そうですか」

「本当のことを言うと、開発当初の社内では『軌道に乗ったら数年で会社を売却するべき』という意見の方が多かった。initium《うち》社は常に新しいことを生み出すベンチャーだからだ。勝負をかけなければ勝利はない」

「はい」

「提案どおり会社を売却して利益が得られれば、社会正義も果たせる。僕もそれでいいと思っていた。けれど、今は違う。この医療用VRシステムをもっと多くの人に知ってほしいし、もっとたくさんの現場で活用してほしい。心からそう願っている」

社長の言葉に嘘はなかった。

惣太の知る限り、社長はどんな小さな仕事に対しても真摯に取り組んでいる。利益を上げることよりも、人の役に立つことの方が働く喜びに繋がっているようだった。

惣太も患者が何事もなかったように笑顔で退院していく姿を見る瞬間が一番好きだ。

整形外科のオペは体に変化を加えることでもある。けれど、患者はそれに気づかず、元の状態に戻ったと思って退院していく。

変化は気づかれない方がいい。惣太の手で負傷した地点から完治した地点まで、変化を感じさせず手品のようにワープさせてあげることができたら、それでいいのだ。医療における神の手や神技とは、つまりはそういうことだ。

「ああ……心が動くな」

「え？」

「いや、いいんだ」

惣太はしばらくの間、社長と二人で自分が執刀したオペを眺め続けた。

家に帰ると伊武がご飯を作って待っていてくれた。

ここのところ惣太の仕事が忙しく、まともに二人で夕食を取れていなかった。

そのことを心配してくれたのだろうか。

手作りで栄養のあるものをと、野菜たっぷりの酢豚と中華スープ、棒棒鶏《バンバンジー》を用意してくれた。伊武がダイニングテーブルの上に並べてくれる。

「わあ、美味しそうです」

「先生好きだろ?」

「うん」

中華もお肉も大好きだ。そもそも好き嫌いはほとんどなく、なんでも食べられる。その上、かなりの大食いだった。体が小さいのにたくさん食べるので燃費の悪いアメ車みたいだと周囲からよく揶揄われる。それを可愛いと褒めてくれるのは伊武だけだ。

「本当にありがとうございます。じゃあ、いただきます!」

手洗いと着替えをサクッと済ませてダイニングへ戻り、伊武と向かい合わせに座って手を合わせた。さっそく酢豚に手を伸ばし、一口食べる。

「わあ、黒酢が美味しいな。脂身が甘くてとろける……」

「そうか。先生の口に合ってよかった」

酢豚をご飯に一度、ワンバンさせて、すぐにそのご飯も口へと運ぶ。米と豚と甘酢ダレのハーモニーが絶妙で体ごと溶けそうになる。

「あー、幸せだ」

惣太の言葉に伊武が微笑んでいる。惣太も笑顔になった。

「でも、俺がしてもらってばっかりで、なんか申し訳ないです。俺も伊武さんに何かしないと」

「なんでだ。俺がやりたくてやっていることで、先生が幸せなら俺も幸せだ」

「伊武さんはホントに優しいな」

「当然のことだ」

その当然が、優しさのことなのか、相手の幸せを願うことなのかは分からなかったが、とにかく嬉しかった。

仕事の話をする。すると、惣太と同じ熱量で聞いてくれた。

「なるほど。そのVRを使えば先生とずっと一緒にいられるんだな」

「VRの世界では、ですけど」

「だが俺は本物の先生がいい。匂いと体温のある惣太を毎日抱きたい」

「ふふ、伊武さんはそう言うと思いました」

惣太は今でも寂しくなるとスマホで伊武の写真を見たりする。

けれど、写真を見ても寂しさが完全に癒されるわけではない。余計に会いたいと思うことさえある。その人と会えない寂しさは、その人と会うことでしか癒されないのだ。

食事を終えて、食器を片付ける。お茶を飲みながらリビングのソファーで話の続きをした。

こんな日常の何気ない時間が尊くて幸せだと思う。

しばらくすると伊武の膝の上に後ろ抱きで座らされた。いつものバックハグの体勢だ。そのまま左手を軽く握られて薬指をすっと上から撫でられた。

「今日は一つ、我儘を言ってもいいか？」

「なんですか？」

「先生は外科医だ。だから四六時中、指輪を嵌めておくのは不可能だろう」

「あ……」

そのことかと思う。

惣太は伊武から婚約指輪代わりのお揃いの指輪をもらっていた。それは無限大のマークを模したデザインで、伊武の体内にあった髄内釘《ずいないてい》のチタンで作った世界で一つの指輪だった。

普段は着けようと心掛けているが、財布の中で眠っていることも多い。仕事柄、どうしても指輪を外す機会が多くなる。装飾品は院内感染の温床になることがあるからだ。

「いつも……とは言わない。だが、仕事と関係のないプライベートでは着けていてほしい」

「分かりました。必ず着けるようにします」

「先生を縛りたくはない。けれど、この指輪は二人の出会いと絆を誓った特別なものだから」

「もちろん分かってます」

伊武の左手の薬指にはその誓いの指輪が嵌まっていた。

伊武が薬指に軽くキスしてくれる。

その後、照明を落とした薄明りの中で伊武がバイオリンを弾いてくれた。

時々、惣太の顎にバイオリンを載せたり、惣太の手を取って弦を弾いてみせたりする。二人羽織のようになりながら一緒にふざけて遊んだ。

四弦が変な音を奏でていても心地いい。これは共奏なのだろうか。現代音楽のような妙なリズムを演奏する。体調の悪い時に聴いたら頭が変になりそうな音楽なのに、楽しくて仕方がなかった。

最後に惣太の目の前でG線上のアリアを演奏してくれた。

伊武が弾いてくれる愛の歌はいつも、どこか甘くて切ない。

伊武の愛情が直に伝わるようだった。

――ああ、幸せだな……。

伏し目がちの表情とシャープな顎のライン。美しい手と長く硬い指先。時々、揺れる前髪。

全部がカッコよくて色っぽかった。

好きだなと思う。

――この人が好きだ。

たった一音で、一つの表情で、一つの仕草で、胸が高鳴る。

バイオリンをケースにしまったら、その後、大切にされるのは自分の体だといいなと思った。

＊　＊　＊

社長と約束していた食事の日がやってきた。

惣太はお礼の品としてファブリック用の香水を用意した。

ホテル生活が長く続くと部屋に飽きることもあるだろう。その時の気分転換に使ってもらえばと思い、爽やかなサンダルウッドの香りを選んだ。

準備を済ませてホテルへ向かう。すると豪華なロビーでスーツ姿の社長が待っていた。シャンデリアの光を受けてキラキラと輝いている。

――なんか、嫌な予感がする……。

童貞の本能だろうか。

社長は惣太の訝しげな表情に臆することなく、地下の駐車場まで案内してくれた。

そこにはゴキブリみたいなフォルムの平べったい外車が止まっていた。ベンツとかＢＭＷとか、そういう分かりやすい外車ではなく、一般人には名前が分からない車だった。

「どうぞ」

社長が操作して助手席のドアを開けてくれる。

黒いゴキブリのはねが開いた。塗装がぷりぷりのツヤツヤで見るからに栄養満点、今にも惣太に向かって飛んできそうだ。惣太は促されるまま助手席に乗ってベルトを締めた。

「恵比寿まで軽くドライブしよう」

「…………」

社長はそう楽しげに呟くと、ステアリングに両手を置いて、アクセルを強く踏み込んだ。

「ちょ……わっ――」

「凄いだろう。ブガッティ・ディーヴォ、世界に四十台しかない車だ」

加速がエグい。内臓が先に進み、体の外側が後から追い掛ける感じだ。

エンジン音もハンパなく、違和感で眩暈がしそうだった。ゴキブリの呪いだろうか。

「助けて下さい……」

「ん？」

伊武が運転するランボルギーニの方がよっぽどいい。

Ｆ１のようなエンジン音と加速は一般人には拷問のように感じる。

「楽しいだろう。最大で四百キロ近く出る。日本で出せる場所はないが」

「はあ」

性能が高すぎて乗用車としての本来の役目を失っている気がする。ボディービルダーが体を鍛えすぎた結果、自分の背中を洗えなくなっているのと同じだ。

白目になりながら目的地に到着する。

社長が予約してくれたのはいわゆるグランメゾン――ミシュランの星がつくフレンチ・レストランだった。

「先生、どうぞ」

「……はい」

社長が手を取ってエスコートしてくれる。

目の前に近世フランスの古城を思わせるような建築物が見えた。お城の外観、その中央に設置された階段を上って店内に入る。すると豪華なシャンデリアと螺旋階段が出迎えてくれた。

ディレクトールの案内で二階のダイニング席へと向かう。

ダイニングはゴールドとブラックの瀟洒な内装で、椅子やテーブル、クロスやカトラリーに至るまで細かい装飾がなされ、ナフキンに巻かれたリボンの角度まで全てのテーブルで統一されていた。

「貴族のお城みたいですね」

「先生によく似合う」

「そ、そうですか？」

似合うのは社長の方だと思う。今も貴族然とした佇まいでキラキラと輝いている。

席に着き、ギャルソンからメニューを渡されたが価格が明記されていなかった。社長の方だけ分かるシステムのようだ。ワインリストはタブレットだったが、知識がないので社長に任せる。シャンパンで乾杯してディナーが始まった。

「こんな店に誘われるとは思いませんでした」

「そう？　たまにはいいよね」

「……はい」

「先生に話したいことがたくさんある。今日は特別な日にしたいんだ」

社長は機嫌がいいようだ。笑顔の輝度がいつもより高い。

「柏洋大学病院のＶＲシステムの導入が成功して本当によかった。全部、先生のおかげだ」

「そんな、おかげだなんて……自分は与えられた仕事をただこなしただけです。特別なことは何もしていません」

「それが重要なんだ」

「そうですか?」

「当たり前のことを当たり前にやれる、どんな仕事でもこれが一番だ。オペだってそうだ。何か天才的な神技を、というイノベーションは確かに必要だが、難しいオペを速く正確にミスなくできることの方がずっと患者のためになる」

「はい」

「卓越した先生の技術を、デジタルデータで学ぶことで全国の研修医の標準化が図れる。それは業界全体の手技の平均値を高めることにもなる。全部、僕が意図していたことだ」

社長の希望と大学病院の目的、そのどちらも満たせたようで安心する。自分は整形外科では確かに中堅ではあるが、ベテラン勢もいる中で今回の業務はかなり気が重かった。

まだ終わったわけではないが、重圧から解放されてホッとする。

しばらくするとワゴンがやってきた。様々な種類のパンが載っている。どれも焼き立てで美味しそうだ。お替り自由でついつい欲張ってしまう。そんな惣太を見て社長が笑った。

「先生は可愛いな。そして大食いだ」

「あはっ、なんかそうみたいです」

「先生にたくさん美味しいものを食べさせてあげたい、色々なところに連れて行ってあげたい」

「そうですか」

「本当に何もかもが理想なんだ」

外科医としてということだろうか。よく分からない。

アミューズが運ばれてくる。説明を聞いても中身がなんなのか分からない料理だったが、どれも美味しかった。

キャビアでできたスペシャリテは土台が蟹、周りがカリフラワーのクリームでできていた。集合体恐怖症の人が見たら発狂するような見た目だったが、惣太は気にせず美味しく食べられた。

冷たい前菜から温かい前菜、プレそしてメインと料理が美しい音楽のように続いていく。プレは鱸《すずき》のポワレ、メインはピジョンとフォアグラのソテーだった。

「ピジョン……」

「ここの鳩は美味しいよ。先生、食べてみて」

「はい……」

ここの鳩は――と言える人生を送っているのが凄い。惣太にとって鳩は食べるものじゃなく、公園のベンチに座って一人で眺めるものだ。

「ももの肉が柔らかいな。先生みたいだ」

「え?」

「酔って倒れたあの日、先生をお姫様抱っこしたんだ。覚えてない?」

「全く覚えてないです」

「先生は小さくて可愛かった」

「はあ……」

その時の太腿の感触を未だに覚えているのだろうか。ちょっと気持ち悪いなと思ったが、倒れた自分が悪い。ワインとともに変態発言を流す。

「先生は将来をどう考えている?」

「そうですね……」

ふと伊武との未来が頭に浮かんだが慌てて消し去る。

想像の中で惣太はヤクザの姐さんになっていた。なぜか女性の着物姿で笑いそうになる。

「大学病院で今の仕事を続けようと思っています。市中病院に行くとか、開業するとか、そういうことは考えていません」

「そうなんだ」

「社長はどうなんですか? 今の仕事と並行しながらアメリカに帰って、次の会社を起業したりするんですか?」

「うーん、そうだなあ」

社長は何か考えるような仕草をした。

「日本に来るまではそう思っていたが、今は違う」

「変わったんですか?」

「先生と出会ったから」

社長の目は真っ直ぐ惣太を見ていた。シャンデリアと同じくらいキラキラしている。

食事が進み、デセールへと移る。生の果物を使ったデザートからミルフィーユ、ソルベと順にサーブされるが、突然、他のテーブルにはないものが運ばれてきた。

「先生、受け取ってくれ」

「え？　これって――」

特別なメッセージプレートのようだ。生の苺が二つ置かれていて、その間を吊り橋のようにチョコレートの文字が渡っている。

「You are my angel. I love everything about you.」

「――え、えんじぇる……あ……あいらぶ……ゆう……」

「先生を愛している。僕と人生を共にしてくれないか」

ギャルソンが社長のもとへと近づいた。手に何か持っている。いや、もう何かじゃない。どっからどうみても薔薇の花束だ。

「受け取ってくれ」

「…………」

目の前が真っ白になった。

どうなってるんだ、一体。

そして、どこかで経験したことのある感覚が襲ってくるのはどうしてだ。

デジャブか。

そうなのか？

「先生？」

「……はっ、はは」

これを受け取ると大変なことになる。

うん、それは分かっている。分かりすぎるくらい分かっている。

けれど、断れなかった。

なぜなら、その場にいたゲストと店のスタッフ全員が二人のことを祝い始めたからだ。

素敵、お似合いのカップル、令和にぴったりの二人――と、称賛の声がやまない。小さな拍手さえ聴こえる。惣太はその薔薇を受け取らざるを得なくなった。

「先生、ありがとう」

目が乾く。声が出ない。

その後、締めのデザートワゴンが運ばれてきたが、生チョコの味もフィナンシェの味もカヌレの味も全く分からなかった。

――オー、マイ、ゴッド！

どうしてこうなる！　罠か、罠なのか。

神様がいるんならほんの数時間でいいから過去に戻してくれ！

惣太の願いも虚しく、目の前には満足げな表情で微笑んでいる社長が座っていた。

最後にお土産を渡されて、ボーッとした状態で店を出る。

社長が家まで送ってくれると言ったが、さすがにこの車では近所迷惑になると断ると、近くの大通りまで送り届けるということで落ち着いた。

マンションの近くの国道で車から降りる。社長が笑顔で手を振ってくれた。

魂の抜けた顔で手を振り返す。車がブォンブォンと返事をして、そのまま夜の闇へ消えていった。

「ああ、どうしよう……」

ただ、お礼の香水を渡そうとしただけなのに、こんなことになるなんて――。

惣太はトボトボと歩いて家に帰った。


夜、ベッドの中で考えた。

惣太を抱きかかえている伊武は、すでに夢の中だ。規則正しい寝息を立てている。

とにかく、伊武に何も勘付かれなくてよかった。

それだけが救いだ。

あの薔薇の花束は社長が郵送してくれると言うのでお願いした。とにかく伊武の目に触れては困るからと、実家の住所を伝えておいた。

――ああ……。

これからどうすればいいのだろう。

考えても分からない。

あとしばらくは、イニティウム社との業務提携が続く。VR導入が終わったからと言って、社長との縁が切れるわけではない。

これからもずっと続いていくのだ。

社長にはっきりと言えばいいのだろうか。

自分にはヤクザで男で元患者のフィアンセがいると。

それを告げたらどうなるのか。考えただけでも憂鬱になる。

伊武と惣太の出会いが病院だったため、仕事上の知り合いのほとんどは、二人が交際していることを知っている。中には応援してくれている人もいる。けれど、二人が婚約したことはまだ誰も知らなかった。

――家族も……なんだよな。

惣太の家族は兄も含め、伊武との交際自体を知らない。

もし全てを公にするなら、ある程度の覚悟を決めなければいけない。

――どうしよう。

伊武がこのことを知るのも怖かった。伊武はかつて惣太に対するジェラシーが原因で色々やらかしている。もちろんそれは惣太を思ってのことで、自分としては嬉しかったが、また社長に対して何かするのかと思うと恐ろしい。

キョウ社長もキョウ社長で、相手がヤクザと知れば金とコネを使って、惣太と伊武を別れさせようと画策してくるかもしれない。

とにかく、黙っていても、告白しても、それなりのリスクはある。

どちらが正しい選択肢なのか分からない。考えてもいい答えは見つからなかった。

「はぁ……」

溜息が洩れる。

伊武の寝顔を見ていると胸が苦しくなる。

——やっぱりカッコいい。大好きだ。

イケメンの社長を見てもなんとも思わない。綺麗な絵画を見ているのと同じで、美しいという感想以外は何も浮かんでこない。

自分の心が動くのは伊武だけだ。

好きなのは世界でただ一人、この人だけ。

反射的に伊武の体にぎゅっとしがみついた。すると、寝ているはずの伊武が惣太の体を両腕で包み込んでくれた。

起きているわけではない。意識の底でも惣太のことを想ってくれているのだ。

それが分かって泣きそうになった。

どうしてもこの愛を守りたい——。

絶対に守りたい。誰にも壊されたくない。

惣太は焦れるほど強く、そう思った。


次の日、病院へ向かうと廊下の向こうからキラッキラの社長が歩いてきた。勝者のオーラを纏っている。

——よし、Uターンしよう。

社長の姿は見なかったことにしようと、身を翻したところで距離を詰められた。速い。瞬間移動したのかと突っ込みそうになる。

「先生、おはよう」

「あ、えっと、おはようございます」

「昨日は楽しかった？」

「あ、ありがとうございます」

「そう、よかった」

軽く体を抱かれる。ふわりと甘い匂いがした。

こんなところでと身を捩ろうとすると、大丈夫と囁かれた。

「急いでないから」

「え？」

「答えも、その他のことも急いでないから」

抱かれた手を外される。離れ際に、そっと首の後ろを撫でられた。

「先生は慣れていないだろう？」

「えっと――」

「ゆっくりしよう」

社長が微笑む。邪気のない笑顔だった。

「全部、何もかもゆっくりしよう。先生のペースでいい」

「あの、そのことなんですけど」

そう言いかけた時、後ろの方からパタパタと慌ただしい足音が聞こえた。振り返ると、看護主任の飯沼が端末を操作しながら近づいて来るところだった。

「先生、入院患者の荒木さんが――」

「急変?」

「はい」

「分かった。すぐ行く」

惣太は社長に軽く頭を下げると、病棟へと急いだ。

荒木は人工膝関節全置換術のオペで入院している六十代の男性患者だったが、手術は問題なく終わっていた。

病室へ入る。すると、ぐったりした様子の荒木が見えた。

「発熱してるの?」

「8度5分です」

飯沼が答える。

素早く視診で顔色と表情、呼吸と全身状態を観察する。荒木に声を掛けた。

「この咳と鼻水はいつからですか?」

「……昨日の夜、かな」

「口を開けて下さい」

舌圧子で舌を下げてペンライトで喉の奥を照らすと、咽頭粘膜がわずかに炎症を起こしているのが分かった。術後の発熱や合併症ではない。軽度の感染症のようだ。

「風邪が流行ってる?」

「うちの病棟ではないですけど、内科の病棟では始まってる感じはしますね」

「念のためインフルエンザの検査をしておこうか」

「分かりました」

飯沼が検査キットを用意してくれる。その間も荒木の症状を観察した。

検査の結果、陰性で安堵した。季節性の感冒のようだ。

過去に急性期の整形外科病棟でインフルエンザによる院内アウトブレイクが起こり、予定していた全オペの延期を免れなくなったことがある。今回は最悪の事態を回避できてホッとした。

——そうか……もう十一月か。

季節は秋に突入している。整形外科も繁忙期を迎えようとしていた。

冬になると雪道での転倒や、寒さで筋肉が萎縮することによる怪我が増える。スキーやスノーボードでの骨折も多くなる。

感染症の蔓延防止はもちろん、その他のことも気を引き締めて対処しようと、惣太は改めて思った。

「先生、ちょっと外で飲むか?」

「あ、はい」

夜、伊武がホットウイスキーを作ってくれた。ガーデンバルコニーに並んで星を見る。少し寒かったが、ブランケットを被った伊武が後ろから抱き締めてくれた。

「やっぱり、寒くなると星が綺麗ですね」

「そうだな。東京でも充分に星の美しさを楽しめる」

マグカップから出る湯気と、けぶるような星群の光が空で溶けあって綺麗だ。

こうやって時々、二人で星を眺める。

二人が住んでいるこの部屋は元々、伊武が一人で住んでいた部屋で、惣太が転がり込む形で同棲を始めた。高級低層マンションの最上階の角部屋で日当たりがよく気に入っている。

「あー」

「どうした?」

「ううん、なんでもないです」

こんなにも満たされているのに、どうして不安になるのだろう。

恋する二人を邪魔する存在が、何気ない日常の中にあると知ったからだろうか。

今までは何も考えずに過ごしてきた。

二人でいることが完璧で、完全だったからだ。

けれどもう一人、伊武以外に惣太を好きだという人が現れた。

そのことで惣太の心が動くことはないが、惣太に現れたということは、いずれ伊武にも現れるかもしれないということだ。

伊武を好きになる人間、伊武が好きになる人間――。

想像して腹の底が冷たくなる。

婚約や結婚をしたからといって、その気持ちや立場が永遠に保証されるわけではない。

人の感情や立場は曖昧で未確定なもので、自分の人生に永遠や絶対が存在しない可能性だって、もちろんある。

同じように伊武にも。

――怖い。

もし、伊武にそんな相手が現れたら、自分はどうしたらいいのだろう。

どうするべきなのだろう。

見えない影を想像して息が止まりそうになる。怖くて仕方がない。

「先生？」

伊武が後ろから尋ねてくる。温かい吐息が耳に掛かった。

「このところ、少し変じゃないか？」

「変……ですか」

「そうだ」

なんだろう。伊武とのやり取りでおかしなところがあっただろうか。

「心ここにあらず……だ」

ぎゅっと抱き締められる。これ以上、遠くに行くなとそう言っているようだった。

「先生は何か悩んでいる。一人で考え込んでいる。それなのに、俺には相談しない。それが先生だともう分かっているが、俺はそれが寂しい」

「そう……かな」

「心がふわふわしている。俺の方を真っ直ぐ見ていない。何かに心を奪われている」

「そんなことないです。確かに……最近は仕事が忙しかったかもしれませんが」

「先生を疑っているわけではない」

「………」

「俺は自分を信じている。自分のこの気持ちを信じている。他人の気持ちは変わることがある。それを責めても仕方がない。他人の気持ちは常に変化する可能性を秘めた流動的なものだ。けれど、自分の気持ちは変わらない。俺の惣太先生への愛は何があっても変わらない」

「伊武さん……」

「だから先生を疑うことはない」

自分に対する揺るぎない気持ちを知って泣きそうになる。

自分もそうだと言いたい。

同じ強さを持ちたい。

伊武が言う、信じるとは相手を疑わないことだ。同時に自分を信じることだ。

「伊武さんは本当に強いですね。俺もそうなりたいです」

「俺は強いか？」

「はい」

自分の気持ちは絶対に変わらないと信じている。それを信じられる信念と強さがある。そうできるのは、他人に依存せず自分軸で生きているからだ。

――俺はそんなふうに生きられるだろうか。

人は自立できているからこそ誰かと一緒になれる。誰かを支えることができる。一人で生きていくことができて初めて誰かと一緒にいられるのだ。

――ああ、弱いな。

伊武に依存しているわけではないが、変わらない自分を軸にすることがまだできない。どうしたらできるのだろう。

「先生がもし、誰かから好意を寄せられたら、その時は俺のことをきちんと話してほしい」

「…………」

「ヤクザであることも、男であることも、全て話してほしい。そこで生じた問題は、俺が必ず解決すると約束する」

「それって――」

「俺を信じてほしいし、俺との未来を信じてほしい」

「分かりました。そうします」

「この話はここまでだ。もうやめよう」

伊武はそう言うと惣太の体をもう一度、強く抱き締めた。そのまま甘えるように惣太の肩口に額を乗せた。

——温かいな。

静かな時間が過ぎる。

星空が綺麗で、伊武の体温が心地よくて、こんな穏やかな関係がずっと続けばいいなと思った。

7. その愛はまるで

全ての仕事《デューティー》を終え、私服に着替えてロッカールームを出る。

今日は朝からずっと忙しかった。ＶＲ導入業務はもちろん、外来での診察と病棟回診、整形外科の会議《カンファレンス》と研修に続き、緊急のオペが二件も入ってしまった。なんとか無事に終えて外へ出る。夕食もまともに取れず、お腹が空いていた。

駅までの道を急ぐ。

すると突然、雨が降ってきた。

「マジか……」

今日はいつもと違う鞄を持ってきたため、折り畳み傘を入れるのを忘れていた。

一瞬、病院まで戻ろうと思ったが距離がある。雨宿りできる場所もない。仕方なく濡れて帰ることにした。

「くそ、寒いな」

スマホの天気予報アプリに雨の表示はなかった。なんだかんだで当たらないんだなと思う。

最初は小走りで駅を目指していたが、あまりの豪雨に諦めがついた。こんなに濡れたら、もう走っても歩いても同じだ。

不運を呪いながら歩いていると惣太の傍で黒い車が止まった。

——聖なるゴキブリ。

運転席を覗かなくても分かる。中に乗っているのは社長だろう。

窓が開き、声を掛けられた。

「先生、どうしたの?」

「………」

「そんなに濡れて、風邪ひくよ」

「もう駅なんで大丈夫です」

「いや、そんなビショビショじゃ、電車に乗れないから。駅員さんに怒られるよ」

「じゃあ、タクシーで帰ります」

「タクシーの方が無理だ。その姿では誰も止まってくれない」

伊武に電話しようと思うが、すでに社長につかまっている状態ではできない。

逡巡していると、傘を持った社長が運転席から出てきた。惣太に傘を渡して助手席へと促す。

「家まで送ってあげるから」

「でも」

「中に入って」

「……すみません」

傘を渡された以上、無視して帰ることはできない。惣太は車に乗った。

社長の運転で自宅の方へ向かう。

惣太は黙っていたが、すでに住所がナビに登録されているようだ。前回、家の近くまで送ってもらった時に登録したのだろうか。

「へ……へっ、くしょん！」

「大丈夫？」

「大丈夫です。座席を汚してしまって申し訳ありません」

「そんな、気にしなくていい。もっと温かくしよう」

社長が暖房を強くしてくれる。座席のヒーターも最大まで温かくしてくれた。それでも体の震えが止まらない。空腹だからだ。人間は寒さと空腹に一番弱い生き物なのだと思い知る。

車が赤信号で止まった。

タイミング悪く車内が静かになったところで、グゥと派手にお腹が鳴った。

「お腹も空いてるの？」

「今日は夕方から緊急のオペが二件続いて、食べられなくて……なんかすみません」

「今から家に帰っても、お風呂を沸かしたり夕食を準備したり、一人で大変だよね。その姿じゃコンビニにも寄れないし」

「あの……犬がいるんで」

「一度、僕の部屋においで。後でちゃんと送ってあげるから」

社長はそう言うと、車両接続された電話で誰かと話し始めた。どうやらホテルのコンシェルジュのようだ。

車がホテルの地下駐車場へ着く。そのまま車を降りて、ロビーを通らずにエレベーターで最上階まで移動した。

部屋に到着すると社長がドアを開けてくれた。部屋の中は明るく、暖かかった。いい匂いもする。

「先生、先にお風呂に入って体を温めておいで」

「え、でも――」

「その間に服をクリーニングに出すから」

「……はい」

ドレッシングルームに連れて行かれる。

社長から服ができあがるまでこれを着てと、着替え用のバスローブを手渡された。パッキングされた下着まで用意されている。

「あ、あの」

「ん?」

「そこにいられると、服が脱げないです」

「ああ、そうだった。ごめんね」

社長が部屋を出る。惣太は服を脱いでドアの傍へ置き、浴室に入った。

お湯に浸かるとちょうどいい温度で溜息が出た。

思っていたより体が冷えていて限界が近かったようだ。手足の先がチリチリと痺れるように温かくなって、縮こまっていた筋肉が一気に脱力する。

「……ああ、生き返る」

ぶるっと肩を震わせて、全身を寒さと硬直から解放した。

浴槽が広くて最高に気持ちがいい。よく見るとジャグジーがついていて、ライトアップもできるようだ。ボタンを適当に弄っていると、社長が中に入ってきて驚いた。

「そんな顔しないで」

「でも――」

「変なことはしないから」

社長はそう言うと、ジャグジーのボタンをオンにして、バスタブの縁にシャワーオイルを垂らしてくれた。ついでのように赤い薔薇の花びらを浮かべてくれる。触れるとひんやりする本物の花びらだった。

「これでもう見えない。恥ずかしくないだろう」

「あ、ありがとうございます」

カモミールの優しい匂いがする。柔らかい泡とともに心が癒された。

「あの薔薇は大事にしてくれた？」

「あ、はい」

あの薔薇とは実家に送ってもらった花のことだ。あれから実家とは連絡を取っていないが、大丈夫だっただろうか。

「本当に可愛いな」

お湯の中から腕を取られ、手の甲に軽くキスされた。

とても自然な仕草で、社長の行為よりも素直に受け入れてしまった自分に戸惑う。

社長が持つオーラと、その自信に満ちたスマートさの前では、童貞の自分にできることは何もないのだと思い知る。

蛇に睨まれた蛙ならぬ、白虎に見込まれたコツメカワウソだ。

社長はこの間と同じように、ウエストコート姿だった。シャツは肘まで捲ってある。それでもバスタブに腰掛けたせいかスーツが濡れていた。

「社長も濡れてしまいます」

「気にしなくていい」

「俺が気にします」

「先生のそういうところが好きだ」

社長が笑う。わずかに胸が痛くなった。

伊武のことを言わなければと思う。それなのに言うことができない。

「真面目なところ、一生懸命なところ、ちょっと不器用なところ。全部、好きだ」

「本当の俺はそうじゃないかもしれません」

「それを知れるなら本望だ。愛は痛みを伴うものだから」

その言葉にギリシャみを感じる。なんだろう。どこかで経験したような気がする。気のせいだろうか。

「先生が与えてくれるものは全部、欲しい」

「何も持ってないです」

「そう思っているのは自分だけだ」

薔薇の花びらが泡に乗ってふわふわと舞う。これはもう貴族の風呂だ。

しばらくすると社長がシャンパングラスを持ってきた。一口だけでいいからと促される。

勧められるままに苺を咀嚼しながらシャンパンを一口飲んだ。確かに美味しいが、現実味がなさすぎて味がしなかった。

「社長は本当に、貴族か王子様みたいですね」

「そう？」

「俺には分不相応です」

「相応かどうかは僕が決める。先生じゃない」

「社長と俺とでは立場が違いすぎます。それに、俺たちは男同士です」

「性別なんてただの記号だ。身体についているパーツの記号にすぎない。恋愛は好きな人とするものだ。だから、僕は本当に好きな人とする。つまり、この目の前にいる可愛い先生とするんだ」

顔を近づけられ、指で顎を取られた。

――キスされる……。

そう思ったが違った。

近い距離で社長が微笑んでいる。惣太の反応を楽しんでいるのだ。

「僕の一世一代のプロポーズを受け入れてくれてありがとう。本当に嬉しかったんだ。答えは急いでないけど、僕との交際を真剣に考えてほしい」

社長は僕の本心を知ってほしいと言い残して、バスルームを出た。

摺りガラスのドア越しに立つ社長の背中が見える。その影が幻想的に滲んでいた。惣太には、それが二人の距離とすれ違いを象徴しているように見えた。

――困ったな。

惣太はしばらく考えた。

どうすれば社長が納得してくれるのか、それを考えた。

体と髪を洗って風呂から出る。

バスローブに着替えると社長から呼ばれた。どうやら食事を用意してくれたようだ。

焼き立てのパンとサラダ、ビーフシチューがテーブルの上に置いてある。見ただけで、グゥとお腹が鳴った。

「先生、食べて」

「……ありがとうございます」

「ここのデミグラスは美味しいから」

有無を言わさず椅子にエスコートされ、惣太はバスローブ姿でビーフシチューを食べた。

確かに煮込まれた牛肉はほろほろと口の中で溶け、肉の脂とデミグラスソースが濃厚で美味しかった。けれど、のんびり食事をしている場合ではなかった。

「あ、あの——」

惣太が話そうとすると、社長が立ち上がった。着信だろうか。社長は一度、ベッドルームへ向かった。

話し声が聞こえる。そちらを窺うとベッドの上にクマのぬいぐるみが置いてあるのが見えた。この前、来た時にはなかった気がする。記憶違いだろうか。

通話を終えた社長が戻ってくる。手にクマのぬいぐるみを持っていた。それを惣太の膝の上に置く。

「匂いを嗅いでみて」

「え?」

「クマちゃんの匂い」

頭の匂いを嗅ぐとサンダルウッドの匂いがした。

「先生がプレゼントしてくれた香水をかけてみたんだ。このクマちゃんは先生の香水を身につけて僕と寝ている。惣太先生の代わりなんだ」

「は、ははっ」

そんなつもりじゃなかったのにと自分のチョイスを呪う。

なんとなく嫌な予感がした。

薔薇の花束、プロポーズ、変態&蛮行、ポジティブな性格、男前、クマのぬいぐるみ……。

経験したことのある、風景が続いている。

——デジャブ？

気のせいだろうか。

「……か、可愛いですね、クマさん」

「だろう？　とても癒される。この子は表情がいい」

社長は惣太からクマを受け取ると膝の上に乗せて頭を撫でた。

「そうだ！」

次はなんだろうとビクビクする。

——まさかバイオリンを演奏し始めたりしないだろうな……。

もう怖くて仕方がない。そう思ったが違った。

惣太の恐れをよそに社長はスマホを触り始めた。

「まずはキラキラの森で一緒に暮らしてみないか？」

「一緒に……ですか」

「そうだ。先生は色々なことに慣れていない。だから、いきなりリアルから始めるのではなく、ヴァーチャルから始めてみてはどうだろうか。これはメタバース同棲だ」

どうだろうかと言われても困る。社長は惣太に入室するように促した。

キラキラの森にログインする。

すると自宅がお城のようになっていた。寝室には大きな天蓋つきのベッドがあり、布団は一つ、枕は二つで一緒に眠れるようになっている。たくさんのクッションの中に、YES／NO枕があって驚いた。全体的に可愛いピンク色でハートのモチーフに溢れている。新婚さんの自宅みたいだった。

「これ――」

「可愛いだろう。ここで先生と一緒に過ごすんだ」

社長がキラキラの笑顔を惣太に向ける。嬉しそうだ。こんな嬉しそうな社長は初めて見た。

画面の中では、虎の着ぐるみを被ったアバターがひょこひょこと近づいてくる。カワウソの着ぐるみを被った惣太のアバターの前まで来た。

お互いの顔が向かい合わせになり、そのまま二人はちゅっと――キスした。

「わ！」

「ふふ、凄くキュートだ。可愛い」

二人の間に幾つものハートマークが重なって飛んでいる。体を左右に揺らすキョウタイガーの前で、カワウソウ太は頬を赤く染めていた。

――なんだこれ。

突っ込む間もなく、今度はぎゅっと抱き締められる。お姫様抱っこされ、ベッドの上まで運ばれた。

「これ以上のこともできる。してもいいか？」

「わあっ、それは駄目です！」

カワウソウ太はキョウタイガーの腕の中で艶めかしい顔をしている。

現実の惣太でもしない顔だ。

アバターのカワウソウ太がぐいっと抵抗すると、キョウタイガーは諦めたのか、そのままカワウソウ太を寝かせて布団を掛けてくれた。

「先生はメタバースの中でも初心《うぶ》だなあ」

「違うんです」

惣太はとうとう言わなければと思った。

伊武とも約束した。

だから、ここでちゃんと言う。

――うん、言おう。

決意して口を開いた。

「社長、聞いて下さい」

「どうしたの？」

「――俺には……俺には、正式なフィアンセがいるんです。とても危険で力のある、ならず者なんです。マフィアです。だから、社長とは一緒になれません。迷惑を掛けてしまいます」

惣太が勇気を振り絞って言うと、社長は突然、お腹を抱えて笑い始めた。

社長の笑いが止まらない。どうやらツボに入ったようだ。

「って……断りの台詞がそれとは……くっ、先生はやっぱり面白い。ふぃ、フィアンセ……ならず者って、久しぶりに聞いたな……ははっ」

「あの――」

「いきなりキスしたりして本当にごめんね。びっくりしたよね。ヴァーチャルとはいえ僕が悪かった。謝る。だから許してくれ」

キョウタイガーがカワウソウ太から離れる。

そのままちょこちょこと走って離れた後、ぺこりと頭を下げた。『ごめんなさい』と可愛い絵文字が出た。

「ああ、ますます先生のことを好きになった」

社長はそう言って満足そうに笑った。

その後はもうまともな会話ができなかった。噛み合わないトークを続け、キラキラの森で遊び、クリーニングが終わった服に着替えると、惣太は社長の車で自宅の傍まで送ってもらい、なんとか事なきを得た。

8. 戦いの火蓋が落ちた場所

カレンダーが十二月に近づくと、徐々に街や人が華やぎ始めた。病院でもロビーとホール、小児科病棟にクリスマスイルミネーションが点灯された。

惣太は相変わらず忙しい日々を過ごしていた。

変わったことと言えば、キラキラの森で裸の男に襲われたことだ。その男はパブリックワールドの湖の畔に一日中、裸で座っているアバターだったが、なぜか入れないはずのインスタンスに侵入し、キョウタイガーとカワウソウ太が住んでいる愛の巣を滅茶苦茶に壊した。

全裸で無言のまま長ドスを振り回してくるので怖くて仕方がなかったが、社長が対応してくれたおかげでメタバースの世界からいなくなった。

一体、何が目的だったのだろう。

惣太が服をあげようとしたことが気に入らなかったのだろうか。

考えても分からなかったが、家や家具が壊されたのは本当にショックだった。社長の励ましもあって前よりももっといい家が完成し、ようやくホッとできた。

そんな慌ただしい日々を過ごしながら、惣太は伊武と社長の間を上手くやり過ごしていた。

やり過ごしていると思っていた――。

いつものように病院に出勤し、スクラブと白衣に着替えて医局へ向かうと上級医が困惑していた。どうしたのだろうと思って声を掛けてみる。

「何かありましたか?」

「キョウ社長と連絡が取れないんだ」

「え?」

「今日は朝から来るはずなんだけど、どうしたんだろう……」

院内のパソコンで社長のスケジュールを確認すると、確かに今日は朝から整形外科で仕事が入っていた。

VR導入から二ヶ月が経ち、社長は柏洋大学以外の病院でも医療用VRシステムの導入を始めたようだった。とにかく忙しく、そのせいで予定がダブルブッキングしているのかもしれない。

惣太も個別で連絡を取ってみたが、やはり繋がらなかった。少し様子を見ようと思い、その日は夕方まで仕事を続けた。

けれど、夕方になっても社長とは一向に連絡が取れなかった。

気になってホテルに連絡してみる。コンシェルジュが部屋に電話を繋いでくれた。すると、社長が出た。

「先生か?」

「はい。連絡がつかないので心配していました。何かありましたか?」

「……ああ、ちょっと体調が悪くて」

「え？」

確かに声がくぐもっている。その響きに、いつもの艶と張りがなかった。

「大丈夫ですか？」

「うん。軽い風邪だと思う。寝ていたら治るから、心配しないでくれ」

「食事と水分は取れていますか？」

「大丈夫だ。ホテルの部屋食でお粥を食べたから――」

咳き込んでいる。やはり風邪のようだ。

確かに整形外科の病棟でも季節性の感冒が流行り始めていた。惣太は担当している入院患者を何人か診ていたが、中には肺炎になる者もおり、社長の体調が心配になった。

「俺、今から行きますね」

「駄目だ。先生にうつすかもしれない」

「大丈夫です。あと三十分くらいで着きますから」

惣太は通話を切った。

インフルエンザや他の感染症の可能性もある。一応、往診できるように診察キットを揃えて病院を出た。

ホテルに着くと社長が部屋のドアを開けてくれた。

社長はいつものスーツ姿と違い、上下グレーのスウェット姿だった。

思ったよりも元気そうだ。顔色もさほど悪くない。咳は出ているようだが、それ以外の症状はなさそうだ。

「熱はありますか？」

「測ってないから分からない」

「ベッドに横になって下さい」

寝かせて熱を測る。待っている間に手を握られた。

「ああ……先生の手だ……」

「少し熱いですね」

「ここから始まったんだよな、僕と先生の関係は」

「そうですね」

「……遠いな」

ぎゅっと強く握られる。これ以上、離れないでくれと言っているようだった。

社長の溜息が聞こえる。体が辛いのだろうか。

「先生はこんなにも近くにいるのに、遠い。リアルでもヴァーチャルでも近づけない。どうしてだ」

「え？」

「僕の心はもう張り裂けて、粉々に砕け散ってしまいそうだ。助けてくれ」

「心臓が痛いですか？」

「ああ、痛い」

社長のスウェットを上げ、聴診器で心臓の音を聴く。美しい心音だった。呼吸音にも雑音はない。

「大丈夫ですよ」

「今までこんなことはなかった。欲しいものはなんでも手に入った。努力をすれば叶わないことなどなかった。なのにどうして……」

社長の目尻が濡れる。

泣いている?

一瞬、そう思ったが社長が顔を背けたため分からなかった。

「胸が苦しい。これは惣太先生にしか治せない」

「………」

「先生、僕は本物の先生が欲しい」

「本物って」

「もうVRでは我慢できない。本物の生身の先生が欲しくてたまらないんだ」

「社長……」

「先生、お願いだ」

社長がそう言った瞬間だった。

激しい衝撃音が聴こえ、部屋の中に風が吹いた。

一瞬、地震かと思ったが違った。

振り返ると、部屋の入り口に黒いシルエットが立っていた。

禍々しい。邪悪な黒い影だ。

その影がこちらに迫ってくる。

——一体、これは……。

息を呑んでいるとその影が言葉を発した。

「やはり、おまえだったか——」

「え？」

社長が口をパクパクしている。上品な金魚みたいだ。

「赦されると思うな、この変態メタバース野郎！」

「——に、に、兄ちゃん!?　なんでここに」

へ？　兄ちゃん？　兄ちゃんって、あの兄ちゃんか？

居酒屋のとか、魚屋のとか、バーのとか、そういうのではなく、兄弟の……兄貴の、兄ちゃんなのか。

頭が混乱する。

脳内で走馬灯が回り始め、これまでのデジャブ映像が重なり、順番に「完全に一致！」とスタンプがついていく。

——ああ……。

色々な形のピースがカチリと音を立てて合わさった。

嫌な予感はこれだったのか。

もう訳が分からなくて吐きそうだ。苦しい。パニックで吐きそうになるのもこれが初めてだ。

「高良先生は俺の婚約者だ。二人は一緒に暮らしている」

「こ、こ、婚約者……」

「そうだ。その汚い手を離せ、響二郎《きょうじろう》」

「──嫌だっ！」

「先生に触るな、穢らわしい」

地を這うような低い声、その伊武の声が肚の底にビリビリと響く。

二人の間で見えない火花が散った。

「何がキョウ・イーサン・Ｊｒだ。おまえの名前は伊武響二郎だろう。笑止千万！」

近づいた伊武が社長の上掛けを捲った。

布団が宙を舞う。美しい悪夢のようだ。そのまま伊武が社長の首に腕を伸ばした。

──駄目だ！

惣太は咄嗟に伊武に向かって飛び掛かった。

「伊武さん、待って！　社長は今日、体調が悪いんです」

「……全く、先生はどこまでお人好しなんだ。体温計を見てみろ」

言われて体温計の表示板を見ると、確かに平熱だった。

さっきまでゴホゴホしていた咳も、出ていないようだ。社長はケロリとした顔をしている。

「こいつはこういう男だ。先生、騙されてはいけない」

「でも――」

伊武は惣太を抱き上げると、そのまま部屋の中央にあるソファーに座らせた。寝室《ベッドルーム》に寝ている社長と距離を取るための措置のようだ。

伊武は二度と近づかせないという顔をしている。惣太でさえ恐怖を感じるほどの表情だった。

「先生はどこまで優しいんだ。裸のアバターに服を与えようとしたり、そのアバターに優しく声を掛けたり。そんな愛情を他人に、ましてやこの変態野郎に与える必要はない！」

「え、もしかして、あれって――」

惣太の返しに、すかさず社長が口を開く。

「やっぱり兄ちゃんだったのか！　くそっ！　謝れ！　二人の愛の巣を壊したことを謝れ！」

「なんだと、この糞ナルシスト野郎！　何が愛の巣だ。先生を手籠めにするために作った欲望の監禁部屋だろう。先生の優しさにつけ込んで、メタバースの世界でも好き放題するとは、許し難き蛮行だ！」

「蛮行はそっちだろ。メルヘンの世界で長ドスを振り回す全裸のヤクザは、どこのどいつだ！　僕が作った世界なのに……」

突然、低レベルの兄弟喧嘩が始まる。

惣太はどうしていいか分からなくなった。

「おかしいと思った、本当におかしいと思ったんだ。時々、指輪をしてたり、あの犬のことも……。

けど、先生が飼ってる大型犬の正体が、この変態ヤクザだったなんて本当にショックだ。先生、悪いことは言わない。絶対にやめた方がいい。こんなヤクザと付き合ったら先生が穢れてしまう。今すぐ別れた方がいい」

「ハッ、何がキョウ・イーサン・Ｊｒだ。おまえはショーンなんとかＫか、胡散臭い。おまえだってＩＴヤクザみたいなものだろう。俺と何が違うんだ」

「違うから！　何もかも！」

社長は肩で息をしている。相当、混乱しているようだ。

「とにかくこれで、先生に手を出そうとしている相手が、実弟のおまえだとはっきり分かった。今後一切、先生とは関わらないでもらおう。分かったか？」

「なんで兄ちゃんが決めるんだよ。僕には仕事がまだ残っているんだ」

「仕事は部下にやらせろ。そもそも、社長のおまえがする仕事ではないだろう」

「勝手に決めるな」

社長が伊武に飛び掛かる。すると、勢いのまま手足を纏めて体を裏返され、ベッドの上に倒されてしまった。

社長はシーツの上で悔しそうに悶えている。なんだか可哀相だ。

「だから僕はアメリカに留学したんだ。あの家を……伊武組を出たんだ。兄ちゃんが、いっつも僕の欲しいものを全部、奪っていくから……だから僕は――」

「奪ったりはしていないだろう」

「奪ってるだろ、惣太先生だって兄ちゃんがいなければ……くそっ！」

「惣太先生が愛しているのは俺だけだ。例え、地球上から俺が消えても、先生はおまえのものにならない」

「いっつもそうやって……うっ……」

社長が悔しそうにマットレスを叩いた。

「顔も頭もよくて、人望があって、親にも姉貴にも組員にも大事にされて、スポーツも勉強も完璧で……瑕疵がないのが欠点で……。だから僕は嫌いなんだ。勝てないから嫌いだ」

社長の言葉に惣太は驚いた。社長が言っていることがそのまま彼自身のことだったからだ。逆に何が足りないのかと思う。

「でも、負けない！　今回ばかりは絶対に負けない！　僕は先生を愛している。生涯の伴侶として愛することを決めた。だから兄ちゃんには絶対に渡さない。諦めない！」

「諦めろ」

「嫌だ！」

伊武が惣太を抱き上げた。そのまま部屋を出ようとすると社長が呼び止めた。

「金も仕事も、極道としての立場も、全部持ってるのに、もういいだろ！　これ以上、何が欲しいんだ！」

「そんなものは、なんの意味もない。先生以外に意味のあるものなど、この世にない」

再び、二人は近い距離で向き合った。

見えない火花が散る。二つの視線が縄のように絡み合った。

その対峙の空気を破ったのは伊武の低い声だった。

「素直に答えろ。先生に何をした?」

「……何もしてない。ただ、優しく抱き締めただけだ」

「それで充分だろ」

伊武はそう言うと惣太を抱いたままホテルの部屋を後にした。

地下の駐車場でランボルギーニに乗せられる。

伊武の怒りにあてられて惣太は息をすることさえままならなかった。

重く、苦しい時間が続く。

伊武は家に着くまで一言も喋らなかった。


二人が住んでいるマンションに戻る。

部屋に入るなり、惣太は玄関の壁に押しつけられた。

「伊武さん……」

「先生は人を信用しすぎる。自分のことが分かっていない。世の中のことも分かっていない」

「そんな――」

「あともう少し、俺が行くのが遅かったら、先生はあの男にこうされていた」

ボトムのベルトに後ろから手を掛けられる。それを外されて下着ごと足元に落とされた。下半身が露出する。

「嘘はついたかもしれませんが、でも、体調は少し悪そうだった……」

「だったらどうなんだ。体調が悪ければ、先生を襲っても構わないのか？」

「そうじゃないですけど……」

こんなに強引な伊武は初めてだった。

声も吐息も体温もいつもと違う。知らない男みたいで怖かった。

「あの男は駄目だ。俺に似ているようで全然違う」

「俺は別に――」

「あいつだけは駄目だ」

背後から回された手で性器をつかまれる。性急に扱かれて追い込まれた。逃げたいのに逃げられない。

「響二郎のことが気になるのか？」

「そんな――」

「どうなんだ？」

伊武が益々追い込んでくる。

けれど、触れていて分かることがあった。

体を追い込まれているのは惣太だったが、心が追い込まれているのは伊武の方だった。

焦燥感からこの行為に及んでいる、それも何かを上書きしようと焦っている。今すぐにでも、惣太の体に残っている社長の面影を消してしまいたいと言っているようだ。

伊武は自分自身にも怒りを感じている。惣太をこのような状況にしてしまった己に激しく憤っている。

伊武の焦りと嫉妬が手に取るように分かり、それが痛みと切なさを伴って惣太の胸に迫った。

「俺はちゃんと伊武さんの存在を社長に伝えました。社長がそれを信じてくれたかどうかは、分からないけど……」

「くそっ、あいつは本当に――」

言葉に殺気を感じる。

実の弟だからこそ許せない部分があるのかもしれない。

「先生に手を出そうとする奴は、この手で消してやりたい」

「そんな……駄目です」

「先生の素直さと優しさを正しく使わないから、こういうことになる。ああいう男を助長させることになるんだ」

「それは……すみませんでした」

自分が浅はかだったのは事実だ。仕事相手だと思って社長のことを手放しで信用していた。

社長は確かに仕事のできる有能な男だが、それとこれとは違う。プライベートがどんな人間なのかは誰にも分からない。仕事をしているだけではその内側まで分からないのだ。

「もう先生を外に出したくない」

「あっ……」

敏感な亀頭を親指で潰される。自分の先走りが伊武の指を汚したのが分かった。その指で窄まりを開かれ、中の熱い粘膜をぬるりと撫でられた。

「……けど……俺の心が動いたことは一度もありません。俺は伊武さんだけが好きです。それは信じて下さい」

嘘ではない。これまでもこれからも、自分はずっと伊武が好きだ。

この気持ちは変わることがない。

そう自分自身を信じられる。

「俺が鈍感だったのと……仕事上の付き合いもあって、どうすればいいのか分からなかっただけで、社長もきっと悪くありません」

「響二郎を擁護するのか」

「違います……あっ……」

背後で伊武がベルトを外したのが分かった。

もう逃げられない。

伊武をこんなふうにしたのが自分なら、それを受け入れるしかなかった。

「響二郎のことだ。甘い言葉と態度で先生を誘惑したんだろう」

「誘惑はされていません。ただ――」

「なんだ」

「好きだとそう言われました。二人の出会いは運命だとも」

「くそっ！」

あれはただの事故だ。偶然の重なりにすぎない。

社長が勘違いしてしまったのは、体調が悪く心が弱っていたからだろう。

人間は誰しもそういう時に孤独を感じ、己の寂しさを分かち合える相手を必要とする。

そんなエアーポケットのような場所に、たまたま惣太がすぽっと嵌まっただけだ。社長はそれを運命だと錯覚している。本当の愛ではない。

「先生は俺のものだ。俺だけの宝物だ」

「……あっ、伊武さんっ……うっ……」

伊武の先端を押しつけられる。

伊武自身の体液を借りて、その塊が惣太の中に入ってきた。

苦しい。けれど、愛おしい。

これが愛なのだと思う。

——嘘偽りのない、本物の愛情の塊だ。

惣太はそのまま受け入れた。

「愛してる、惣太」

「うっ……俺も……です……」

自分も怖かった。

いつか伊武にそういう相手が現れるのではないか――という恐怖は未だ拭えていない。

当たり前の日々の中で、その幸せが奪われてしまう瞬間があるかもしれないのだ。

しっかりと握っていても、手放さなければいけない時が来るかもしれない。

それが怖くて仕方ない。

こういう気持ちと、どう向き合えばいいのだろう。何をすればその恐怖から解放されるのだろう。

考えても分からない。

人を愛することは、難しいことの連続だ。

本当に難しいことだらけだ。

「先生が愛おしくてたまらない。好きだ」

「伊武さんっ……」

壁に押しつけられて、手首を押さえられて、それでも伊武の深い愛情を感じる。

この人がどんな人か、もう全部知っているから――。

抽挿の激しさの中で、ただ伊武だけが必要なのだと思い知る。

その日は、お互いの心に空いた歪な穴を塞ぐように、何度も愛し合った。

9. 嵐の後で

あれから伊武と話し合い、イニティウム社の仕事が終わるまでは、外で食事を取ったりはせずに病院から家まで直帰することを決めた。

それ以外にも、こまめに連絡を取ること、社長とは仕事以外でのやり取りをしないことなど、伊武が不安になるようなことはしないと約束した。

惣太はそれを束縛とは思わなかった。

伊武が不安に思うことは全て解消したいし、自分の気持ちが揺るぎないことも知ってほしい。

伊武に言われた「素直さと優しさを正しく使う」という言葉が胸に残っていた。

伊武と、きちんと向き合いたい。

そして、この関係をもっと大切にしたい。

フィアンセであることや、同棲していることに胡坐をかかず、関係をより良い方向へアップデートしながら二人の生活を続けていくことを心に決めた。それが一番、大事な気がした。

キラキラの森での同居も解消した。

最後、キョウタイガーはぽろぽろと涙をこぼしたが、家やアバターの存在がなくなるわけではない。いつでも会おうと思えば会えるのだ。メタバースの中でならプラットフォームを越えて自由に交流できる。

色々なことを教えてくれてありがとうと言うと、キョウタイガーは頭をペコリと下げて去っていった。部屋には二人で一緒にココアを飲んだマグカップだけが残っていた。

日曜日の昼下がり、いつものように二人で愛し合った後、ベッドの上でウトウトしていた。

水を飲もうかなと寝返りを打った時、インターフォンが鳴った。ずいぶん急くような押し方だった。

伊武が室内モニターを確認するが、真っ黒で何も映っていないと言う。

弟の響二郎の仕業だと思ったのだろうか。

伊武は上半身が裸、下半身はボクサーパンツ一枚の下着姿だったが、臆することなく玄関まで歩いた。惣太とのことを見せつけてやろうという気持ちがあったのかもしれない。

そのまま乱暴にドアを開けると、立っていたのは伊武の弟ではなく惣太の兄だった。

「えっ……あれっ……」

「……お義兄さんだったのか」

「ここ……惣太の家って……なんで社長さんが……え？　わあっ、刺青！」

兄は手に何か持っていたが、それを床にボトリと落とした。

ギャラクシー羊羹の改良品だったのだろうか。落ちる瞬間がスローモーションのように見えた。

兄はその姿のまま呆然と立ち尽くしている。

――まずい。

最悪のパターンだ。

今まで秘密にしていた――同棲していて、その相手が男で、ヤクザで、裸で（つまり、そういう関係で）――が一瞬で露呈してしまった。

リカバリーのしようがない。もちろん言い逃れもできない。

惣太と伊武は俯くしかなかった。

「はっ、ははっ……パンツ一枚ってなんで……」

「兄ちゃん」

「これっ……惣太……これ、どういうことなんだ?」

「兄ちゃん、落ち着いて」

「惣太!」

兄の体はガクガク震えていた。

「家に薔薇の花束が贈られてきた。送り主はinitium社の社長だった。惣太を愛していると書いてあった。なんの冗談かと思って来てみたら、D&T《ドラゴンアンドタイガー》ファンドの社長さんがいて、裸で刺青が入っていてその上、如何わしい雰囲気で……うっ……惣太、これは一体、どういうことなんだ、説明してくれ!」

「兄ちゃんごめん。本当にごめん。今まで黙っていてごめんなさい!」

惣太は兄に向って、がばっと頭を下げた。

「俺、伊武さんとこの部屋で一緒に暮らしてるんだ」

「……一緒に暮らしてる？」

「うん。友達とかそういうのじゃなくて、恋人として暮らしている。俺は伊武さんと婚約したんだ。二人は愛し合っている。未来を誓い合った関係なんだ」

「……恋人……婚約……愛しっ――……っ」

「兄ちゃん！　――あっ！」

兄は突然、白目になり、その場でバタリと倒れた。

慌てて近寄った伊武が兄を抱き上げてくれる。気絶した兄の体を気遣いながら伊武が寝室まで運んでくれた。

さっきまで愛し合っていたベッドに乗せるのもどうかと思うが致し方ない。兄はKOされたファイターのように脱力し、それ以上ピクリとも動かなかった。

「兄ちゃん……」

「お義兄さんには刺激が強すぎたな……」

惣太は兄のシャツのボタンとベルトを緩め、その額を濡れタオルで冷やした。

何度か交換してみたが、兄はしばらくの間、目を覚まさなかった。

どうして次々と問題が起きるのだろう。惣太はすでにキャパオーバーだった。

そんな中、伊武がなんとか対応してくれた。

あの後、兄は口を利かないまま部屋を出て行った。

気持ちを整理するのに一人きりの時間が必要だったのだろう。

惣太は持参してくれた羊羹のお礼とこれまでのお詫びを伝え、その後、スマホにもメッセージを送ったが、いつまで経っても既読にならなかった。

相当、怒っているようだ。どうしたらいいのだろう。

「やっぱり兄ちゃんはショックを受けたんだろうな……」

「いきなりの刺青がよくなかったな。これは言い訳のできないヤクザのアイコンだからな」

伊武の背中には龍虎図と呼ばれる、龍と虎の和彫りが入っている。壮大で美しい昇り龍の下で虎が咆哮している刺青だ。今では綺麗だなと思うが、惣太も初めて見た時は心臓が止まった。

「ああ……」

「大丈夫だ。時間は掛かるかもしれないが、俺からきちんと説明しよう。いつかは話さなくてはいけないことではあった。タイミングは最悪だったが、必ず分かってくれるだろう。先生のお義兄さんだからな」

「だと、いいけど……」

兄が置いていってくれた試作品のギャラクシー羊羹を食べる。

以前よりもグラデーションの具合が改良されていて、お皿の上に美しい青と碧が広がっていた。

胸が苦しくなる。

――けど、美味しいな……。

兄の愛情と、真面目で潔癖な性格が分かるような清らかな和菓子だった。


整形外科での医療用ＶＲ導入業務が完了した。

惣太が行ったデモンストレーション用のオペだけでなく、今後は院内のベテラン外科医のオペ記録《レコード》を自由にアーカイブに残せることになった。蓄積されたビッグデータは教育コンテンツ利用だけでなく、診察や治療の際の良いレファレンスになるだろう。

柏洋大学医学部付属病院の中では、まだ導入業務が途中の科も幾つかあるが、そこでも概ね作業は完了したようだった。

社長が最後の挨拶をする。

会議室の中は感謝と別れを惜しむ声に包まれた。

惣太は上手く目を合わせられなかった。社長の仕事に対する姿勢には尊敬の念を抱いていたし、その人柄に対しても親しみを感じていたからだ。恋愛感情ではなかったが、こんな気持ちになったのは初めてだった。

社長の方も惣太と極力目を合わさないようにしているようだった。それが分かった瞬間、余計に切なくなった。

最後に、簡単な送迎会を行って社長を見送った。

花束をもらった社長は少し寂しそうだった。

その帰り道、社長から声を掛けられた。

どうしたのだろう。いつもの車に乗っていない。

スーツ姿で傘を差している。駅まで一緒に歩くつもりだろうか。

外はわずかに雨が降っていた。惣太は自分の傘を差したまま社長と横並びで歩いた。

「先生は本当に、本気であの男と付き合っているのか？」

「……はい」

「やっぱりまだ信じられない」

社長が小さく息を吐く。傘の下でその吐息が白くなった。

「あの男は三郷《さんごう》会系伊武組の若頭で、いずれは組長になる男だ。堅気じゃない。極道だ」

「…………」

「先生はそんな男と生涯を共にするのか」

「そんな男……じゃないです。伊武さんは誰よりも優しくて愛情の深い人です。確かにヤクザかもしれませんが、俺は彼ほど誠実で正直な人を見たことがありません。社長も本当は知っているんじゃないですか？」

社長は答えなかった。

「別れた方がいい。今はよくてもいずれ困ることになる」

「別に困ってもいいじゃないですか」

「先生……」

「もし困ることがあったら、二人で考えて解決すればいいんです。俺はそれを苦労だとは思いません。年齢とか性別とか国籍とか、それこそ職業とか……違う者同士が一緒になれば困ることが出てくるのは当たり前です」

「あの男となら苦労も厭わないということか」

「はい」

確かに今、困っている。

社長とのこともそうだが、兄とのこともだ。けれど、それも伊武と二人なら解決できる。その自信があった。

「お兄さんを憎んでいるんですか？」

「………違う」

「じゃあ、どうして」

社長は何か考えるような仕草をした。

ふぅと小さく溜息をつく。そのまま傘の隙間から雨の降る空を見上げた。

「兄貴は……兄ちゃんは、優しい男だった。……あれは二月だったかな。僕がまだ小さい頃、組で節分のパーティーをしたんだ。その時、調子に乗った僕は、節分の豆を両方の鼻の穴に詰め込んだ。幼い頃の僕は探求心の塊で、疑問に思ったことは試さないと気が済まない性格をしていたんだ。全部で四つは入れた。いや、六つだったかもしれない。それで息ができなくなって、苦しくて、死ぬと思った時、兄ちゃんが吸い出してくれたんだ」

「豆をですか？」

「そうだ。兄ちゃんが口で吸ってくれて、詰まった豆を取ってくれた」

——駄目だ……笑ってしまう。

けれど、惣太はぐっと堪えた。

「こんなこともあったな。小学校の校外学習でテーマパークに行ったことがあったんだ。全学年が参加していて、その時、小学二年生だった僕は、調子に乗って一人でお化け屋敷に入った」

この人はとりあえず調子に乗るんだなと苦笑する。

けれど、キョウ社長のひらめきやイノベーションはこういう手放しの好奇心からくるのかもしれないと思った。

「途中まではよかったんだ。ただの暗い道だったからな。だが、最後がいけなかった。生身のお化けが僕に襲い掛かったんだ。そのお化けは温かくて、きちんと呼吸もしていた。僕は怖くて仕方がなかった。背後からはっきりとした日本語で『呪ってやる』と言われたんだ。結局、僕は腰を抜かしてしまい、その場から動けなくなった」

生身のお化け、確かに怖い。言い換えれば仕事に実直なお化けか。

子どもの頃の惣太も血は平気なのに、お化けは怖かった。今でも心霊系は苦手だ。

「そしたら兄ちゃんが、どこかからそれを聞きつけて、僕を助けに来てくれた。僕が生霊に取り憑かれてしまう前に。兄ちゃんは、そのお化けを竹藪に向かって背負い投げすると、腰を抜かした僕をおんぶして外へ連れ出してくれたんだ」

情景が目に浮かぶようだ。

惣太が爆弾魔に襲われそうになった時も、同じように伊武が助けてくれた。

本当に何も変わっていないんだなと感動する。

「兄ちゃんはいつだって、強くて優しくて完璧だった。だから、僕は――」

社長は言葉を詰まらせた。

「自分が兄ちゃんより劣った人間であることをいちいち証明して回る人生はごめんだ。僕は兄ちゃんの凄さを証明し、そこに光を当てるために存在しているわけじゃない。僕の人生は誰かの人生を輝かせる蛍光マーカーじゃないんだ」

「そんな……」

「何をやっても勝てず、自分だけができないことを思い知る。僕が欲しいものは全部、兄ちゃんが持っていってしまう。両親の愛も、若頭の地位も、組員の信頼も、何もかも……。僕は劣化版の弟として過ごすのが嫌であの家を出たんだ」

「そう……だったんですね」

社長の気持ちは分かる気がした。

もちろん、外から見れば社長が伊武に劣っているとは誰も思わないだろう。どちらも違うフェーズで実績を作り、人間的にも社会的にも成功している。

けれど、社長にとってそれは些細なことなのだ。

幼い頃から蓄積されたコンプレックスが社長の柔らかい心を傷つけた。これは消えない事実だ。

そこから生まれた反骨精神が今の社長の地位を作ったことに変わりはないが、成功が大きすぎるあまり、これまで誰も彼の心の傷を癒してこなかったのだろう。

そのことがはっきりと分かった。

「だからこそ僕は負けたくない。先生を諦めたくない。何があっても、兄ちゃんに勝ってみせる」

「社長……」

「僕は兄ちゃんより駄目な男なのか？」

惣太は足を止めた。

社長の顔を見る。すると、不安げな子どものような表情をした社長がいた。

覚えのある痛みに気持ちが傾く。同じように惣太も兄を目指し、それを超えようと努力した経験があった。兄と自分を比べて劣等感に苛まれたことも一度や二度ではない。だからこそ言わなければ、と思った。

「伊武さんと社長は全く別の人間です。そして、社長は世界でたった一人の尊い人間です。あなたこそ、この世の男が欲しいと思うものの全てを手に入れている完璧な男性です。駄目なことなど一つもありません」

「一つもない……」

「そうです」

惣太がそう言うと社長はホッとした顔をした。

あの自信に溢れてキラキラしていた社長はどこに行ったのだろう。

そう思ってハッとする。いなくなったわけではなく、惣太が社長の新たな一面を知っただけだ。

キョウ社長のキラキラした輪郭が本当は何で彩られていたのかが分かって、惣太の胸は二重の意味で締めつけられた。兄に負けじと歯を食いしばって頑張る子どもの社長の姿が思い浮かび、幼かった頃の自分と重なって見えた気がしたのだ。

「駄目じゃなければ、僕との未来は考えられない？　兄貴とは違う未来を」

「すみません。俺の心には伊武さん以外のことを考える余地がないんです」

自分の答えは躊躇なくすらすらと出た。そのことに少しだけ驚く。

本当に隙間も何もなく、全てがいっぱいまで愛されている。目一杯の愛を与えられている。だから他がない。考えられない。伊武一人で全部なのだ。

「……そうか」

重い沈黙が続く。傘を叩く雨の音だけが聴こえた。

「兄ちゃんより先に出会えていたらな……ああ――」

社長は長い溜息をつき終えると、惣太を見た。

「これでお別れではないが、しばらく会えなくなる」

「……そうですね」

社長がすっと手を出した。

握手の合図だ。

惣太はその手をそっと握り締めた。

初めて会った日から変わらない、あの温かく大きな手だった。

――この人は、やっぱり優しい……。

伊武と似ている。相反するようで同じ景色を共有している。

強さと優しさを持った、世界を変えてくれる男の手だった。

「寂しくなるな」

「そうですね」

社長は駅に向かって歩き出した。

同じように惣太も歩く。

細かい雨が社長の涙のように思えた。まさに身を知る雨だ。

無言のまま歩くと駅の改札が見えてきた。

「惣太先生」

「はい」

最後にもう一度、社長から呼び止められた。

いつの間にか高良先生から惣太先生に呼び名が変わっていることに気づいた。

「ここで」

「はい」

駅の改札の灯りが見えている。その場所で傘を差したまま二人は向き合った。

「ありがとう、先生」

「こちらこそ、ありがとうございました」

ペコリとお礼をする。

すると社長が笑顔を見せた。

やっぱりその笑顔が好きだと思う。惣太がそう言うと社長が微笑みながら頷いた。

「じゃあ」

惣太が振り返ろうとした瞬間、体が揺らいだ。

——あ……。

視界が明るくなって、また暗くなる。

社長の顔が近づき、ふわりと甘い匂いがして、抱き締められたのだと分かった。

その背後で社長の傘が宙に飛んでいた。

——傘を……投げたのか。

暗く湿った空をふわりふわりと落ちている傘が、惣太と社長の不安定な関係を示唆しているようだった。

「社長?」

「……僕のものになってよ」

社長は惣太を抱き締めながら、聞こえるか聞こえないかくらいの小さな声で呟いた。

それはどこか苦し気で惣太の胸を切なく締めつけた。

「一生に一度のお願いだ。僕のものになって」

「ごめんなさい。それはできません」

社長が息を呑む音が聴こえる。傘はもう地面に落ちていた。

引っ繰り返った傘の内側に、細かい雨が当たっているのが見える。

「チャンスが欲しい」

「社長……」

「僕は先生を諦めきれない」

惣太を抱き締めている手の指先が震えていた。

「先生が好きだ。大好きだ」

――こんな人だったんだ……。

男の本心とその本気度を知る。

惣太はもう何も答えることができなかった。

――分かってしまったから。

本当に分かってしまった。

自分がどれほど伊武に惚れているかを、そして自分がどれほど伊武に愛されているかを。

自分は男が好きなわけじゃない。他の誰かの体温が欲しいわけじゃない。世界でただ一人、伊武のことだけが好きなのだ。

社長の腕の中で、はっきりと自分の本心を思い知った。

惣太は無言のまま空を見上げた。

――雨が針みたいだ……。

このままならない、どうしようもない恋を、雨が洗い流してくれるのだろうか。

それとも、このままならない恋を作ってしまった惣太を、雨が静かに窘めるのだろうか。

吐息が白く空へ上がる。

二人はしばらくの間、動けなかった。

10. 救済

クリスマスまであと数日という時、事件が起きた。

社長がホテルの地下駐車場で何者かに襲われたのだ。幸い命に別状はなかったが、襲撃の転倒による背中の打撲と右上腕骨の骨折を負ってしまった。

社長が柏洋大学医学部付属病院のERに運ばれてきた時は驚いたが、骨の変形の程度が軽かったため、キャストと呼ばれるプラスチックとガラス繊維で構成された固定具で右肘の変形部分を固定した。

神経や血管の損傷はなく手術の必要はなかったが、腫れが酷かったこともあり、局所の安静固定と疼痛の緩和を考えて牽引《けんいん》と呼ばれる腕を吊って引っ張る処置を行った。その治療の全てを惣太と惣太のチームが担当した。

「社長、大丈夫ですか?」

「……ああ」

社長は個室のベッドの上で右腕をコの字で吊られながら、どこか呆然としていた。

「こんなアイドルのダンスの途中みたいな格好になってしまって恥ずかしい。益々、先生に嫌われてしまう……ああ、みっともない」

「大丈夫です。嫌ったりしませんから。これは変なダンスではなく、良肢位《りょうしい》の保持と言って関節が固まるのを防ぐために行っているものですから、どうか安心して下さい」

社長は視線を逸らしたまま返事をしない。

痛みが酷いのだろうか。尋ねると大丈夫だと言う。

「一体、誰に襲われたんですか?」

「…………」

「知り合いですか?」

「…………」

「まさか、伊武さんが……ってことは——」

「それはない」

社長の即答に安堵する。

疑っているわけではなかったが一応、確かめておきたかった。

分かっている。伊武が実の弟である社長を襲うわけがない。そもそも、そんな卑怯な手を使う男ではない。恋のライバルというのなら、真っ向から勝負して勝敗を決めるだろう。

伊武は今も社長に対して辛辣な態度を取っているため、その心の中までは分からないが、今回の襲撃に伊武が関係していないことは分かった。

「……黙っていてほしいんだ」

「え?」

「兄ちゃんには黙っていてほしい」

「……分かりました」

社長はこうなった理由を訥々と語り始めた。

社長はVR医療の事業と並行して、日本国内のベンチャー企業と組み、メタバースを利用した新規事業を始めたという。そこで、とある企業のプラットフォーム立ち上げに参加したが、納入したプログラムに難癖をつけられて、契約金をはじめ売り上げの支払いを全て拒否されたという。

「ベンチャー企業の選定はアメリカの新規事業部に任せていたが、それが間違いだった。これは百パーセント私の責任だ」

「どういうことですか?」

「とある企業の一部に反社が紛れ込んでいた。当然、反社チェックは行っていたが漏れがあった。先生も知っている通り、現在のヤクザはその活動を表立ってはしていない。一見、普通の企業を装っているか、地下に潜っているかのどちらかだ。そこで取りこぼしがあった」

「じゃあ社長を襲ったのはヤクザってことですか?」

「そうだ。これは脅しであり、ここで手打ちにしろという警告でもある」

「手打ちって、社長は襲われたのに……」

「相手は東翔会《とうしょうかい》のフロント企業だ。先生も名前を聞いたことがあるだろう」

「あ……」

惣太は思わず自分の口元に手を当てた。

伊武から聞いたことのある名前――それは伊武組と長年敵対関係にあるヤクザの組名だった。

「襲撃は金の支払い拒否と、これ以上の追及をするなら社長の出自をバラすぞという東翔会からの確固たる意思表明だ」

「そんな……」

社長は小さく息をついた。

「僕がこのまま受け入れたら、今日以上のことはしてこないだろう。過剰な攻撃は向こうにとってもデメリットになる。プラットフォームを無料で手に入れることが、奴らの本当の目的だからな。この業界でよくある〝させ逃げ〟みたいなものだ。全く、何に使うつもりか知らないが……これだからヤクザは嫌いなんだ」

「いいことには使わないでしょうね。オレオレ詐欺やマルチ商法、オンラインカジノなんかの古典的な犯罪に使うと思います」

「だろうな」

落ち込む社長の姿を見て、惣太の心は痛んだ。

社長が人を笑顔にするために、メタバースのシステムを開発したことを知っていたからだ。

目の前に深い穴が現れたような気がして心が沈んだ。ここに落ちてはいけない。けれど、伊武に相談することもできない。

――本当にどうしたら……。

自分に何かできないだろうかと思い、何もできないことを思い知る。

悔しさとやり切れなさで部屋の空気が重く沈んだ。

今はただ、社長の怪我が無事に治ることを祈るばかりだった。


次の日、病棟へ向かうと社長の病室が騒がしかった。

何かと思って中へ入ると、伊武と田中と松岡の三人が社長の寝ているベッドの傍に立っていた。

「先生、このヤクザ三人を追い出してくれ」

「は、はい。分かりました」

惣太が追い出そうとすると田中に止められた。

田中は伊武の直属の部下で、金髪いがぐり頭の気のいい青年だ。元々はプロボクサーだったが喧嘩が原因で少年院に入り、その後、街でぶらぶらしていたところ伊武に拾われたらしい。今は伊武組のボディーガードとして活躍している。

「惣太さん、お久しぶりっす！　会えて嬉しいっす。たまには本家にも遊びに来て下さいよ」

「……あ、うん」

「なんかまた、アレな感じですか？」

「あれって？」

「若頭《カシラ》のこれがこれで」

田中は惣太を病室の隅に連れて行くと、自らの頭の上で両手の人差し指を立てて角を作った。鬼のジェスチャーだ。要は若頭が激おこなのかと尋ねていて、惣太はそうだと小さく頷いた。

「カシラのジェラスは一向にやまないっすねー。もう、これが通常運転っすね。けど、響二郎さんはカシラよりもさらに輪をかけてヤバい人ですし……ホント気をつけた方がいいっすよ」

「彼のこと、知ってるの？」

「まあ、噂はぼちぼち」

「そうなんだ」

二人でぼそぼそ話していると、社長と松岡のやり取りが聞こえた。

松岡は伊武の幼なじみで弁護士の資格を持っているインテリヤクザだ。

冷静沈着かつ聡明な大人なので惣太も一目を置いている。仕事では伊武より一歩下がって行動しているものの、普段の物言いは辛辣なものがあり、惣太はその松岡の知的で上品な毒舌が好きだった。

今日も銀縁眼鏡にマオカラーのスーツを着ていて、そのインテリジェンスな見た目に似合っていた。

「響二郎さん、お久しぶりです。松岡です」

「…………」

松岡の挨拶に社長は軽く頷くだけだった。

「日本に帰ってきてらしたんですね。やはり、伊武組に戻られるのですか？」

「そんなわけないだろ。僕は一生、伊武組には戻らない。ヤクザにはならないんだ」

「そうでしたか……」

松岡は至極、残念がっている。

社長の頭の良さと行動力を知っているからだろうか。

松岡はすらりと長い中指の先を眼鏡の蔓に当てると、そのまま軽く目を伏せた。困惑した時の松岡の癖だった。

「もういいから、僕に構わないでくれ」

「だが、その怪我だ。無視できない」

伊武が社長に声を掛ける。

「兄ちゃんには関係ない！　放っておいてくれ！」

社長ががばっと布団を被ろうとするが怪我の牽引のせいでそれができない。

変なところで布団が止まり、社長の体が現代アートのようになる。箱根彫刻の森美術館にありそうだなと思っていると、松岡が「響二郎さんは骨が折れていても、お美しいですね」と呟いた。

「くそっ！　僕を笑いものにして。いつだってそうなんだ。くそっ！」

「笑いものになどしていない。おまえのことを皆、心配しているんだ。おまえは家族だろ」

「家族じゃない！　ファミリーじゃない！　それは僕が一番嫌いなやつだ」

社長は頑なだった。伊武が声を掛ける。

「襲撃されたんだろ。それがどういうことか、おまえも分かっているはずだ」

「ただの怪我だ。いちいち詮索するな！」

「とにかく日本にいる間はボディーガードをつけた方がいい。田中でも松岡でも好きな方を貸してやる。他にも使えるのがたくさんいるぞ。全員、墨入りのヤクザだがな」

「余計なお世話だ」

社長があっち行けと手を振る。

社長の体が心配になった惣太は、少し落ち着くように声掛けしたが効果はなかった。

「自分のことは自分でやる。僕は社長だ。仕事のケリは自分でつける。とにかく余計なことはしないでくれ。ヤクザの世話になんかなるものか！」

社長はどうにかして布団を被るとそのまま動かなくなった。

惣太はこれ以上、社長を刺激しないようにと三人を外へ出した。

三人をロビーまで連れて行くと伊武が口を開いた。

「全く、あいつは――」

「社長を興奮させないで下さい。オペはしてないとはいえ、怪我をしているんですよ」

「すまない。だがこれは響二郎だけの問題ではなさそうだ」

「え？」

「相手はホテルの地下駐車場で響二郎を襲撃している。エレベーターを降りてから車に乗るまでの一瞬の隙をついてだ。それも防犯カメラに映らない場所から、ほぼ一撃で決めて去っている。これはプロの仕業だ」

「えっと、あの――」

「調べればすぐに分かることだ。先生は響二郎から何か聞いてないか？」

「いえ、何も」

「やはりそうか。よし、調べろ！」

伊武は惣太の反応を見て、田中と松岡に命令した。すぐに二人はいなくなった。

部下二人の反応の早さに、惣太の口からふぅと溜息が洩れる。

「伊武さん……やっぱり俺を一ミリも信用していないんですね……」

「先生はすぐに顔に出るからな。仕方がない。今日もいつも通り分かりやすかった」

「はあ……そうですか」

とにかく嫌な予感がする。

このまま何もなければと願うが、それが叶うはずもなかった。


リビングのソファーの上でキラキラの森をやっていると、虎の頭を被ったアバターが現れた。ホワイトタイガーではない普通のベンガル虎だ。これは〝せいちろティガー〟つまり伊武のアバターだった。

せいちろティガーは服を手に入れてから、キラキラの森で精力的に活動するようになった。

惣太と共に暮らす家を造り、畑を耕し、街には自分の会社『D&T《ドラゴンアンドタイガー》　キラキラの森支店』を開業した。メタバースの中で着々と自分の居場所を作っている。

伊武はゲームに勤しみながら、この今も、キョウタイガーの居場所を把握しているのだろうか。

多分、お互い知らないふりをしながら本当は全部知っている——どちらも、双方の存在が自らの行動原理になっているからだ。

兄弟って不思議だなと改めて思った。

競い合って、奪い合って、時には憎しみ合ってさえいるのに、お互いのことを強く思っている。

伊武は惣太との問題で社長を赦さないと嘯《うそぶ》いているのに、その陰で社長を守ろうとしていた。

同じ遺伝子がそうさせるのだろうか。

家族を憎んだり嫌ったりすると、その気持ちがそのまま自分に跳ね返ってくることがある。DNAの共鳴なのかもしれないが、それでも親や兄弟ではなく自分自身を傷つけているような気分になるのはどうしてだろう。血が繋がっているとはいえ別々の人間のはずなのに。

——不思議だ。

伊武と社長はお互いを相反する存在として敵視しつつ、心の底では良きライバルとして認め合っている。そのアンビバレントな感情がお互いの人生をこれほどまでに美しく色鮮やかに輝かせてきたのだ。

惣太は少しだけ二人の関係が羨ましくなった。

そこに惣太は入れない。

恋人よりも強い絆が二人の間にはある。血の繋がった兄弟とはそういうものだ。

ひと仕事終えたせいちろティガーが、自ら作った愛の巣で紅茶を淹れてくれる。それをラブソファーで一緒に飲みながら窓の外を見た。

キラキラの森では綺麗な花火が上がっていた。

キョウタイガーもこの花火を見ているのだろうか。

――ああ、綺麗だな……。

お互いを探るようなことはもうやめて、仲の良い兄弟に戻ってほしいと思った。

二人とも互いの存在を糧にして、これほどまでに素敵な大人の男に育ったのだから。


次の日、兄の凌太《りょうた》からメッセージが来た。

一度、二人きりで話がしたいという。

惣太は二つ返事でOKして、お互いの家や仕事場から少し離れたコーヒーショップを待ち合わせ場所に決めた。

その日、店の一番奥にある席で待っていると兄が現れた。

コーヒーの載ったトレーを持って惣太の席まで近づいてくる。兄は惣太の向かい側の椅子に座った。

「忙しいのに悪かったな」

「兄ちゃんこそ忙しいのに」

「いや、いいんだ」

兄は小さく咳払いした。

改まって背筋をピンと伸ばす。惣太の顔を真っ直ぐ見ると、突然、がばっと頭を下げた。

「惣太、今まで気づいてやれなくて悪かった」

どうしたのだろう。顔を上げた兄は思いつめたような顔をしていた。膝の上に両手を置くと、何か考え込むような様子を見せて頭を激しく左右に振った。

「兄として至らなかったことを反省している」

「兄ちゃん?」

「俺は惣太がゲイだということを知らなかった。これまで辛い思いをさせて悪かった。本当にすまなかった」

「兄ちゃん、違うんだ。俺は——」

「あれから色々と考えた。そして、色々な人から話を聞いた。勉強もした。その結果、分かったことがあった」

兄が鞄から何かを取り出す。

それは経済誌のフォーブス——キョウ社長が表紙の号だった。

「薔薇の花束の送り主を調べたらこの initium 社の社長、キョウ・イーサン・Ｊｒさんだと分かった。俺はこの人がいいと思う」

「へ?」

「アメリカの有名大学を卒業しているし、ベンチャー企業の社長だ。顔も男前で、見た感じとても誠実そうだ。その上、ヤクザじゃない。惣太もせっかくだから、この人と真剣に交際してみたらどうだ?　花束もまだ綺麗に取ってあるぞ」

「あの……兄ちゃん、ちょっと待って」

「伊武さんは駄目だ。確かにいい人だが……刺青の入った極道だ。そんな男のところに惣太をやるわけにはいかない」

やるってなんだよと言いそうになる。まるで娘を嫁にやるみたいではないか。

「今まで辛かっただろう。俺たち家族に言うことができないから、後ろ暗いヤクザ者なんかに惹かれたんだよな。気持ちは分かる。けど、同じ社長であっても伊武さんは絶対に駄目だ。極悪非道なヤクザ者だからだ。このキョウ・イーサン・Ｊｒさんなら惣太の――」

兄のキョウ社長推しが止まらない。凄く気に入ったようだ。

――ああ……。

兄がキョウ社長を推すのは分かる。工学部出身の兄は社長の経歴や仕事の内容を見て、その凄さがよく分かるのだろう。

だが――

キョウ社長を選んだところでヤクザはヤクザだ。

一号か二号かの違いだ。

惣太はヤクザ一号から告白されて付き合った後、ヤクザ二号から告白されただけなのだ。

ここでそれを言うとまた兄が卒倒しそうで怖かった。

一体、どうすればいいのか……。

「とにかく俺の気持ちは伝えたから、後は惣太がじっくり考えてくれ」

「……うん」

「これは伊武さんに。俺の気持ちだ」

兄はそう言うと紙袋を置いて店を出た。

家に帰って紙袋を開けるとずっしりと重い何かが入っていた。

——羊羹だ。

とうとう新作の羊羹が完成したのだろうか。

中を開けてみてみると真っ黒だった。

「うわっ！」

思わず変な声が洩れる。

危険な漆黒《ノワール》の世界が目の前に広がっていた。眩暈がする。

惣太はこれまでこんなに真っ黒な羊羹を見たことがなかった。

「漆黒の……羊羹か」

——ブラックホールみたいだ。

あの色鮮やかなギャラクシー羊羹がとうとう暗黒羊羹に……。

兄の暗黒面を見た気がした。

背筋がゾクリとする。

さすがにこの暗黒羊羹を伊武に見せることはできず、惣太はそれを冷凍庫の奥にそっとしまった。

クリスマスまであと数日という頃——。

ちょうど土曜日で仕事が休みだった惣太は、伊武から本家のパーティーに誘われていた。

パーティーなのに正装の必要はなく、プレゼントも用意しなくていいという。

どういうことだろう。

意図は分からなかったが、久しぶりに本家の人たちに会いたくなった。

伊武組の本宅に入ると、伊武の甥っ子と姪っ子である悠仁《ゆうじん》と茉莉《まり》が飛びついてきた。

二人は保育園に通っている五歳の双子だ。伊武の姉の忘れ形見だったが、今は伊武のことを本当の父親のように慕っている。

会うのは三ヶ月ぶりだったが、以前よりも大きくなっている気がした。その上、可愛さに磨きが掛かっている。

これも一種の親バカだろうか。

「せんせ、だっこして」

悠仁が甘えてくる。抱き上げると幼児特有の甘い匂いがした。

「ゆうじん、もうおにいちゃんなのに、あかちゃんみたいね」

茉莉が下から茶化すように声を掛けてくる。男児の悠仁に比べて女児の茉莉はおしゃまで、言葉も態度もしっかりしている。

時々、大人のような言動をして、こちらがドキッとすることもあるくらいだ。

「おおひろまに、いこう」

悠仁に誘われて惣太は広間に向かった。

大広間とは舞台と袖が設置された百畳ほどある伊武組専用の宴会場のことだ。

中に入って驚いた。

ブラックスーツ姿の組員がずらりと並んでいたからだ。

——んん？

これは本当にパーティーなのだろうか。

組員たちのスーツ姿はこれまで何度か見てきたが、今日はこれまでと雰囲気が違う。てっきり、いつものように誰かがコスプレしたり、寸劇や手品やコントをしたりして、双子を楽しませるものだと思っていたが、そんな雰囲気は一切なかった。

伊武が近づいて来る。

「しばらくの間、悠仁と茉莉を見ていてくれ。よろしく頼む」

「えっと、伊武さん？」

「俺たちはこれから、ひと仕事してくる。先生は何も心配しなくていい」

伊武はそう言うと組員たちを鼓舞するような声を出した。

「おまえら、行くぞ！」

「——カシラっ！」

オーという掛け声の後に続いて、一斉にダミ声の返事が返ってくる。心臓が痛かった。

そのまま組員たちが外へ出る。伊武と田中と松岡も庭へ出た。

三人とも長い棒のようなものを持っている。

いや、棒じゃない、長ドスだ。

美しい白鞘に収められた鍔のない長脇差《ながわきざし》だった。

「これって……」

惣太が呆然としていると雷神が声を掛けてきた。

雷神は雷新太《いかずちあらた》といい、貫目《かんめ》が本部長付となっている、ぽっちゃりパーマのファニーフェイスヤクザだ。

「姐さん！」

「……まだ、違うし」

「ああ、なんだ。姐さんじゃないですか！」

惣太が心の内で姐さんではないとぼやいていると、今度は風神が声を掛けてきた。

風神は風井隼人《かぜいはやと》といい、雷神とペアで活動している、細身でロングヘアのクールビューティーだ。

どちらも惣太を見つけると親しげな笑顔を向けてきた。

「心配せんで下さい。カシラの命はこの雷新太が守りますゆえ」

「この風井隼人もついています」

二人は自分の左胸を叩いた。心臓はそこよりちょっと右下だが、細かいツッコミはやめにする。

それどころではなさそうだ。

「姐さんは庭でお花でも摘んでいて下さい」

「そうです。ひと足先に悠仁と茉莉でケーキでも食べて待っていて下さい」

二人はそう言うと庭から出て、大型のバンに乗った。そのバンの後ろを黒塗りのレクサスやメルセデスが続いている。

異様な雰囲気だ。何かの葬列のようでもある。

「伊武さん！」

嫌な予感がして居てもたってもいられず大声で呼んでしまう。

惣太の声に気づいた伊武が手を挙げた。

大丈夫だ、心配しなくていいと、その手が語っているが、当の手に握られた長ドスが心配の根源なんだよと愚痴りたくなる。

「先生、行ってくる！」

「伊武さん」

伊武に続いて田中と松岡がレクサスに乗り込んだ。

すうっと滑るように車が進み、その姿が見えなくなる。

――伊武さん……。

ぼんやりしていると悠仁が近づいてきた。

「パパ、かちこみのおしごとにでかけたんだよ」

「へ？」

惣太がしゃがみ込んで顔を覗くと、今度は茉莉が近づいてきた。

「パパ、ひさしぶりのかちこみだからうでがなるって。ふふ。かっこいいなあ、パパは」

茉莉がうっとりした様子で呟いている。

カチコミとは、やはりあの、カチコミだろうか。

漫画やアニメでしか聞いたことがないが、暴力団組織における隠語で敵対組織への襲撃や殴り込みを意味する言葉だ。

――やっぱり、東翔会へカチコむのか……。

伊武組の面子のため、そして何よりも大切な弟を守るために――。

溜息が洩れる。

やはり伊武はヤクザなのだ。

兄の凌太が言う、極悪非道なヤクザ者なのかもしれない。

でも――

それが正義として為されるのなら間違いではないと思った。

何が違うのだろうと思う。

惣太が患者を助けることや、社長が人を幸せにすることと、一体何が違うのだろう。

皆、同じだ。

自分にとって大切なものを、ただ守りたいだけなのだ。

――俺も守りたい。

伊武や田中や松岡や、悠仁や茉莉を。そして、自分の家族を――。

惣太は伊武の守りたいものを、自分も守りたいと思った。

11．ラブパレード

夢を見ていた――。

幸せな夢と、少し怖い夢だ。

優しい顔の伊武が龍になり、虎になった。

兄の凌太が虎から離れろと怒鳴っている。猛獣使いはやがて猛獣に取り込まれてしまうという。

――伊武さんは虎じゃない。

優しい男だ。

獣の虎になることは絶対にない。

そう思ったところで目が覚めた。自分の目尻に薄っすらと涙が滲んでいたことに気づく。

「あ……」

「目が覚めたか？」

「うん」

目の前に伊武の体がある。溶けそうな安堵を感じて、その胸にぎゅっと抱きついた。

爽やかな汗の匂いと温かい体温、心地のいい心音。

――ああ、やっぱり、伊武さんはあったかいな……。

優しい人は手足が温かいというが本当だろうか。

それはポジティブで寛大な人間はストレスが少ないために自律神経の調子がいい、ということの現れだが、惣太はあえて優しい説を信じていた。優しいという心の余裕を作るのも、またその人の機能の一部だからだ。

あの後、伊武と組員たちは無事に帰ってきた。誰一人欠けることもなく、誰一人怪我をすることもなく、行った時と同じ姿で帰ってきた。

惣太は涙が出るほど安堵した。整形外科医としての仕事をしなくていいことが、こんなにも嬉しかったのは初めてだった。

伊武と組員たちが東翔会で何をしたのかは分からない。

血で血を洗う抗争をしたのかもしれないし――それはヤクザという世界観を守るための便宜上のファンタジーで――実のところは真面目に話し合いの場を設けただけなのかもしれない。

真相は分からなかったが、とにかく伊武たちのアクションが成功したことだけは理解できた。

皆、笑顔でお互いの健闘を称え合っていた。

長ドスを肩に背負いながらスーツ姿で戻ってきた伊武は痺れるほどカッコよかった。

――往年の極道映画みたいだったな……。

思い出しても、うっとりしてしまう。

もし次にカチコむことがあったら自分も行きたいと言うと、それは絶対に駄目だと組員たちから断られた。そして風神と雷神から「俺たちがいる意味がなくなります。姐さん、何気にオーバースペックですから」と言われてしまった。

意味は分からなかったが、適材適所ということだろうか。

俺だってやる時はやる！　と思ったが、やはりコツメ会系カワウソ組の出番は今後もなさそうだった。

「しばらく、こうしていてもいいですか」

「もちろんだ」

伊武が優しく髪を撫でてくれる。それだけで心が満たされる。

今頃、悠仁と茉莉は夢の中で組員たちと本物のパーティーをしているだろうか。

惣太が寂しくないか尋ねると、二人は「ちっとも」と答えた。

じいじもばあばもいるし、犬のまさむねもいる。たなかやまつおかもいるし、パパやせんせにもいつでもあえる。

大勢の大人たちから愛されて双子はすくすくと育っていた。

伊武があの本家で、真っ直ぐのびのびとヤクザに育ったように――。

「先生はそのままでいてくれ」

「……なんですか？」

「先生は何も変わらず、そのままでいてくれたらいい」

また甘やかすんですか？　と言いそうになって口を噤む。

それが伊武にとっての、最大級の愛の言葉だと、もう分かっているからだ。

これからもきっと、色々なことがある。

二人のこと、家族のこと、仕事での課題や、伊武がヤクザだからこそ起こる問題。

それでも大丈夫な気がする。

何があっても、どうあっても、変わらずそのままの惣太を伊武が受け入れてくれるからだ。

「俺の先生への愛もずっと変わらない」

「伊武さん……」

「この指輪のデザインと同じ、永遠だ」

惣太ももちろん同じだと答える。お互いの左手を並べてぎゅっと握った。

甘えるように伊武の腕の中に体を入れる。

伊武の腕で二度寝ができるのは、なんて幸せなことなんだろうと思い、目を閉じた。

次に見る夢はきっと楽しいだけの夢だ。

＊　＊　＊

クリスマスが平日ということもあってか、その週はお互いに仕事の予定が詰まっていて忙しかった。

業務に忙殺されて、イブだということさえ忘れていた夜、伊武が病院まで車で迎えに来てくれた。

突然のことで少し驚く。

車に乗ると伊武からクリスマスツリーを観に行こうと誘われた。こんな遅い時間に？　と思ったが、惣太のためにある場所を特別に貸し切ったという。

連れて行かれたのは都会の一角にある、小さな正方形のスケートリンクだった。周囲は美しいイルミネーションで彩られ、中央には大きな円錐型のクリスマスツリーが鎮座していた。

今もツリーの色鮮やかなＬＥＤ電球が淡いブルーから濃いブルーへと変化している。波が来たように真っ白なリンクもその色に染められていく。

「わあ、綺麗だ……」

「この近くにあるハイブランドがよくレセプションに使う場所だ。この時期だけスケートリンクになる」

「そうなんですね」

「一緒に滑ろう」

誘われてスケート靴に履き替える。サイズの合うものが、きちんと二足用意されていて驚いた。

スケートなんて何年ぶりだろう。いつ滑ったのかもう思い出せないが、この靴の形状にテンションが上がる。紐をぎゅっと締めて顔を上げた。

リンクの縁に立つと、伊武が抱き上げてくれて、氷の上にちょこんと置いてくれた。

「どうぞ、お姫様」

「おっと、わっ！」

「フフッ、大丈夫か？」

転びそうになったところを、また抱き上げてくれる。

お互いロングコートにお揃いのマフラーと手袋の姿で、手を繋いで滑った。

「伊武さん待って。わっ！」

「結構、スピードが出るな」

「怖いけど、楽しい！」

ほんの少しの推力でスピードが出る。いつも見ている街が別の街に見えた。

風が気持ちいい。寒さも気にならなかった。

「先生は弾丸みたいだな。すばしっこいぞ」

「伊武さんも」

楽しくて仕方がない。狭いリンクを二人でぐるぐる回る。

伊武の背中に抱きついて滑ったり、反対に後ろから抱き締められたりした。

「先生はやっぱりカワウソだな。少しもじっとしていない。ちょこまか動くから、全然捕まえられない」

「氷の上でじっとしている方が変です」

「ゆらゆらして可愛いな。それはわざとか」

「違います。下手くそなんです！」

逃げたりくっついたりしているうちに、今度は伊武がお姫様抱っこしてきた。

もう逃げられない。

その格好で伊武の腕に体重を預けると、目の前に満天の星が見えた。

――わぁ……凄い。

星が街に降り注いでいるように見える。スケートのスピードで光の線を描くイルミネーションと混ざり合って、自分の体が宙に浮いている感じがする。空も地上も息が止まるほど綺麗だ。

――現実じゃないみたいだ……。

けれど、VRのようで、そうではない。ここには匂いと体温がある。空気の味もする。

外気の冷たさが、無機質な街の匂いが、より伊武の温かさを教えてくれた。やはり、リアルを超えるものはないのだと思う。

「冬の星は綺麗だな」

「先生の方が綺麗だ。瞳に星が映っているからか」

「嘘だ。映っているのは伊武さんの顔のはずだ」

「ああ、俺か。なるほど」

ナチュラルにナルシスト発言されてスルーする。

けれど、認める。

どっからどう見ても伊武はイケメンだ。スパダリ横抱きヤクザだ。鼻の穴が見える角度から眺めても、まごうことなき男前で驚く。

「あっ、伊武さん時計見て！」

高層ビルについている時計の表示板を指差す。

「もうすぐ、イブからクリスマスになる」

「本当か」

「うん、あ、早く！」

伊武が振り返って時計を見る。あと五秒しかない。

「――5、4、3、2、1！　伊武サンタ、メリークリスマス！」

惣太が空に向かって声を上げると、そのまま男前の顔が下りてきた。

――あ……。

お互いの唇が触れる。

星空のリンクの下、伊武に抱かれながらキスをした。

――伊武さんの匂いだ……。

ほんの少しだけひんやりしている男の唇が心地いい。

時間が止まる。

誰もいないリンクで、重なる二つの唇の角度を変えながら、二人はいつまでもキスを続けた。

その姿が隣のビルのガラスに映っていることに気づかないほど、キスに夢中だった。

12. 旅立ちの日

社長の怪我の予後はよく、無事に退院できた。

医療用VR導入の仕事も全て終わり、他の事業も部下に権限委譲できたため、一度、自宅のあるボストンへ帰るという。

伊武と惣太は社長を空港まで見送ることになった。

社長は伊武の車の中で、ずっと悪態をついていた。

その姿が駄々をこねる末っ子そのもので、惣太は思わず笑ってしまった。

「響二郎」

伊武が声を掛ける。社長は窓の外を眺めるのに忙しいようだ。

「だから、響二郎じゃない。僕の名前はキョウ・イーサン・Jrだ」

「ダサいビジネスネームだな。センスがない上に、心に一ミリも響かない」

「うるさい!」

伊武はなんだか楽しそうだった。

「響二郎の方がカッコいいぞ。元に戻せ」

「ボンボンヤクザがやかましいわ!」

「おまえもだろう」

「違う」

社長はフンスと荒い鼻息をついた。

兄の前ではどうしても素直になれないという、その天邪鬼《あまのじゃく》な感じが可愛い。本当に多面体の人なんだなと思う。

「そうだ、あのゴキブリはどうした？」

「ゴキブリ？　なんの話だ」

「ブガッティのことだ。おまえらしいな。セキュリティを考えてあのゴキブリにしたんだろう」

「うわっ！　その四文字を口にしないでくれ。耳に入るのもおぞましい」

社長は腕で自分の体を抱く仕草をした。

車についての感想が伊武と同じで嬉しい。惣太もあの車は、その四文字の生き物に似ていると思ったのだ。

「会社の車だから兄ちゃんには関係ないだろ」

「なるほど、税金対策か」

「だったらどうなんだ」

中身のないやり取りが続く。

「困ってるなら、いい税理士と弁護士を紹介してやろうか」

「いらないし。大体、涼輔さんは苦手なんだ……」

「フッ、怖いのか?」

「久しぶりに会ったら、完全なインテリヤクザになっててヤバかった。病室で見た時は事務所に入ってる役者かと思ったよ。金払って雇ってるのかって」

伊武は笑っている。惣太は二人の会話を半ばバックミュージックのように右から左へ流していたが、突然、社長の声色が変わったことに気づいた。

「あのことについて話がある」

「ん?」

「僕は兄ちゃんに借りを作ったとは思ってないから」

「なんの話だ」

「東翔会のことだ。病室で話をした後、しばらくしたら東翔会のフロント企業から金が振り込まれた。予定していたよりも多い金額だった。全く、何をしてくれたんだか――」

「知らないな。俺は何もしていない」

「嘘つけ」

「本当だ。俺がやったのはガーデン・パーティーだ。楽しかったぞ」

「襲撃したんだろ?」

「さあな」

「カチコミのことをパーティーって、ただのサイコパスだよな。ピエロみたいな格好でマシンガンぶっ放してそうでゾッとする」

社長は怖い怖いと続ける。

「伊武組はトラディショナルな極道だ。武器は長ドス一択だ」

「ああ、会話の治安が悪い。本当に嫌だ。早くアメリカに帰りたい」

「おまえも才能あったのにな。もったいない」

「あるわけないだろ。僕は兄ちゃんに何一つ勝てなかったんだ」

「響二郎」

「ただの一度も、何も、勝てなかったんだ」

社長は俯いて黙り込んだ。

伊武がすぐに返す。

「拗ねているのか」

「…………」

「俺とおまえの間に勝敗などない。歳の差があっただけだ。おまえも分かっているだろう。今じゃ、新進気鋭のＩＴ企業の社長だ。もっとそのことに誇りを持て」

「……ふん」

「おまえは自慢の弟だ。俺はただの一度も、おまえが劣っていると思ったことはない」

社長は何か言いたげに口を開いた後、ぐっと飲み込んだ。

「……そういうのが嫌なんだ。かっこつけ」

「俺はかっこつけじゃない。ただカッコいいんだ」

「ハッ」

社長が惣太の方を見て、やってられないという顔をした。

「本当に僕を認めているなら、惣太先生を僕に譲ってくれ」

「譲ってもいいが、その前にまず、おまえの息の根を止めてから――だな」

「怖っ！」

「これ以上、先生にちょっかいを掛けるなら、今すぐ後ろのドアから降りてもらう。あ、先生。もっと離れて」

「くそ、兄ちゃんのくそ！」

「兄ちゃんはくそじゃない。関東最大の組織暴力団、三郷系伊武組の若頭で次期組長だ」

「……はあ。もういい。その立場は兄ちゃんに譲る」

「なんだおまえ。狙ってたのか？」

「別に」

社長はプイと横を向いた。

社長は心のどこかで伊武組組長の息子であることを誇りに思っていたのかもしれない。

伊武は関東最大のヤクザのサラブレッドだが、社長も同じ立場なのだ。

「社長はヤクザの御曹司というよりは〝極道プリンス〟って感じですね」

「惣太先生？」

「無駄にキラキラしてるから」

「無駄って……」

惣太の言葉に社長ががっくりと肩を落とす。

「最初に会った時、マカオのカジノ王の次男かなって思ったんです。けど、あながち間違いではなかったですよね」

「カジノ王の次男か。ウケるな」

伊武が笑っている。社長は不服そうに足を組み替えた。

くだらない会話が続く。

三人は空港に着くまで会話をやめなかった。


伊武の車が成田空港に到着した。

社長と惣太にとってはある意味、始まりの場所だ。

ここでお別れを言うのは寂しいが、それが正しい気がした。

「じゃあ」

国際線のため搭乗口までは行けない。セキュリティの前で別れることにした。

社長が惣太に小さな声で話し掛けてくる。惣太はそっと耳を寄せた。

「何か困ったことがあったら、いつでも言って。僕にできることならなんでもする」

「本当にありがとうございます」

「これは最後の忠告だけど、ヤクザと結婚するのはやめた方がいい。今から僕に乗り換えても、全然構わないから。それを覚えておいて」

「響二郎」

気づいた伊武が社長を制した。その伊武を社長が睨み返す。

「これだけは兄ちゃんに言っておく」

「なんだ」

「兄ちゃんに先生を束縛する権利はない。先生をヤクザの世界に巻き込む権利はないんだ」

「確かにそうだ。だが俺は、先生をヤクザの世界に巻き込んだ上で、全てを守り、愛そうとしている。俺には先生を極道の世界に巻き込みたくないといった消極的な考えは一切ない。ヤクザの俺だからこそ、先生を愛し、守り、幸せにできるんだ」

「ヤクザだからこそ……か」

「そうだ」

「はあ……」

社長が大きな溜息をつく。あまりの長さに、もう完敗だと言っているように見えた。

社長はしばらく肩を落とした後、ゆっくりと顔を上げた。

「惣太先生」

「はい」

社長が惣太に向かって手を出す。どうやら最後の握手のようだ。

同じように手を出すとそっと握られた。

目が合う。社長は優しく微笑んでいた。瞳が綺麗で、やっぱりイケメンだと思う。

「先生、元気で」

「はい。社長もどうか、お元気で」

「ありがとう」

最後に手を引かれる。

体が斜めになったその瞬間、唇に熱が下りた。

爽やかな匂いがする。キスされたのだと分かった。

「じゃあな、兄ちゃん」

「この――」

伊武が鬼の形相で振りかぶる。社長はそれをすっと避けて、セキュリティーゲートへ向かった。後ろ向きでバイバイと手を振っている。そのままゲートを通った。

「全くあいつは――」

「もう捕まえられませんね」

「分かっててやったんだ」

「そうかもしれません」

社長はずっと手を振っていたが、こちらを振り返ることは一度もなかった。

背中が小さくなる。

惣太は胸の内でこれまでのことを感謝した。そして、その幸せを本気で願った。

――ありがとう、キョウ社長。

どうか、世界一、幸せな社長になって下さい。

ずっとずっと応援しています……。

長身が人混みに埋まる。社長の姿がとうとう見えなくなった。

「よし、帰るか」

「はい」

伊武が手を出した。その手を握る。

惣太の願いは天に届いただろうか。

社長が見えなくなっても、しばらくの間、その辺りがキラキラしていた。

◆　◆　◆

機上の人――伊武響二郎は座席で自分のスマホを弄っていた。

中にあるデータを消去する。キラキラの森にいる、キョウタイガーのアバターも消した。

ただ、嫌がらせとして、カワウソウ太とせいちろティガーの愛の巣に大量のYES／NO枕を投げ込んだ。十個に一個はリバーシブルの意味がないNO／NO枕が入っているという、おまけつきだ。

――我ながら変態だな、フッ。

この程度で済んで感謝しろよと思うが、可愛い惣太先生の幸せのためなら仕方がないと諦めがつく。

——先生……。

響二郎のスマホの中には、秘密裏に撮影した惣太の動画と画像が大量に残っていた。

それも順に消去していく。

——my sweet angel.

辛くて苦しくて涙が出そうだ。

優しい惣太先生が好きだった。可愛い惣太先生が好きだった。

何よりも心の美しい惣太先生が好きだった。

それが何かを端的に表すと、公明正大という言葉になる。

彼の中には、人の役に立ちたい、そして人を助けたい、という正義があった。

——ああ、やっぱり兄ちゃんと同じなんだな……。

あの二人が強く惹かれ合った理由。響二郎はそれを端から理解していた。

芯が同じだからだ。

どちらの体にも、その美しい信念が背骨のように真っ直ぐ通っている。

「ああ、もう……これも消してやる。くそっ！」

勝てるわけないよな……と、分かりやすく負け惜しむ。

出会った瞬間から負け戦だったのだ。

そこは、いつもの響二郎なら絶対に立たないステージだった。

最初から負けが分かっている試合には出ない。掛けたリソースが無駄になるからだ。

他の人よりはたくさん持っているとはいえ、一人の人間が抱えているリソース――つまり、時間とお金と労力と愛情は無限ではない。全てに限りがある。

効率厨の響二郎は無駄なことは一切しないタイプの男だった。

その自分がステージに立った。

――恋をしたからだ。

負け戦だと分かっていてもするのが恋だ。

勝ち筋が見えなくてもするのが恋だ。

そして、落ちたくなくても落ちるのが恋だ。

――ああ……。

完敗だった。

兄ちゃんは凄いものを手に入れたんだなあ、と心の声が洩れる。

だって、あの兄ちゃんだもんな。

僕が好きだった自慢の兄ちゃん……。

「……けど、やっぱり大嫌いだ」

響二郎は、一周回って兄ちゃんが大好きな自分を日本の上空に背負い投げした。

そんな自分はここに置いていく。

明日からまた、世界一クールでイケている社長に戻るのだ。
――それが本当の僕だから。
キョウ・イーサン・Ｊｒ――自分が欲しいものは全て手に入れる、完璧で完全な男。
自分を嫌う人間など、この世にいない。
誰もが手を伸ばして欲しがる男、それがこの僕だ。
決して負けたりはしない。最高で最強の男だからだ。
明日からまた負け知らずの人生が始まるのだ、と心の中でほくそ笑んだ。
「よし、寝るか……」
響二郎はスマホを裏返すと、そのままファーストクラスの座席に体を沈めた。

13. 愛するということ

社長が乗った飛行機を見送った後、自宅へ戻った。

ホッとするのと同時に、なんとも言えない空虚な気持ちが惣太の胸を攫っていった。

それだけ社長の存在が大きかったということだ。

強烈だったもんなと、苦笑が洩れる。

「先生、どうした」

「ううん、大丈夫」

伊武と社長は合わせ鏡のように似ていた。

同族嫌悪というが、それが最も集約されるのが血の繋がった兄弟なのだと思う。

「響二郎はもう日本へは帰ってこないだろう」

「あ、それ、俺もそう思いました」

もちろん一生、戻ってこないわけではないが、惣太は社長の背中に強い決意を感じていた。

「本当に色々なことがあった。実弟でなければまずいことになっていた。いや、響二郎だからこうなったのか」

「嫉妬ですか？」

「まあ、そうだ」

ソファーに座った伊武がこっちへおいでと腕を伸ばしている。

甘い空気を感じてその腕の中へふわりと飛び込んだ。

「この唇だってあの男に奪われた」

「さっき拭きました」

「そういうことじゃない」

「ほとんど、ついてないです」

「それも違う」

伊武の首の後ろに手を回す。そのまま膝の上に乗せられて、向き合って座る姿勢になった。

伊武の顔が近い。

見つめあって、笑った。

「まずいことって、例えばどんなことですか」

「先生にちょっかいを出した人間をこの世から抹消することだ」

「フフッ……でもしなかった」

「弟だったからできなかっただけだ」

それは嘘だと思う。伊武はヤクザの力を使って誰かを傷つけたりはしないだろう。

人を傷つけないためにヤクザをやっているのだ。

「伊武さんは、やっぱり優しいな……」

「もちろん、先生には誰よりも優しいはずだ」

「そうじゃなくて」

軽くキスする。唇を離して、もう一度、見つめあった。

「社長のことを助けて、恩を着せるようなこともせず、逃げ道まで残してあげて去るとか」

「先生は俺のことを買いかぶりすぎだ」

「社長の我儘が、本当は可愛くてたまらないんですよね」

「可愛いわけないだろう。あの人を小馬鹿にするような目を見たか？　あれは傲慢な王子の目だ」

「確かにイケメンですよね」

「こら」

軽くほっぺをつままれる。そこをぷにぷにされた。

「あいつは傲岸不遜なナルシストだ。小さい頃から可愛くはなかったぞ」

「本当ですか？」

「なんだ、先生の方が嫉妬してるのか」

「そうですよ。二人の間に、俺はどうやっても入れませんから」

またキスをする。

触れるだけのキスを繰り返して、やがて重なりを深くしていく。お互いの上唇と下唇が楔のように噛み合う形にした。まだ舌は使わない。柔らかく吸いながら、その感触を楽しむ。

「社長も本当は、伊武さんのことが大好きだったんですよね」

「ただ似ていただけだ」

「そうですか？」

「兄ちゃん大好きオーラを感じましたが」

「邪悪なオーラだ」

上唇をちゅっと吸われる。粘膜の柔らかさと、その内側のぬるりとした感触が気持ちいい。わずかに混ざる唾液の味にも心臓が高鳴った。

「先生が嫉妬するのはおかしい」

「でも、みんな伊武さんのことが好きなんです」

「違う。先生のことが好きなんだ」

「もし三角関係だとしたら、俺が社長を好きじゃないだけで、後の矢印はみんな〝好き〟の形で、伊武さんに真っ直ぐ向かっていましたよ」

全てのベクトルが伊武の方へ向いていた気がする。

自分に向けられた社長の愛情も、本来は伊武に向くべき方向のもので、兄弟の愛憎こもごもが惣太の方へ向かわせてしまう結果になったのだ。

「例えそうだとしても、俺は響二郎の蛮行を赦すつもりはない。それとこれとは話が別だ」

「んっ……」

惣太の唇を割るようにして熱い舌が強引に入ってくる。

そのままねっとりと舌を絡められる。伊武の舌は肉厚で温かくて気持ちがいい。

されるがままのディープキスにうっとりする。くちゅくちゅと卑猥な音が響くが、それも気にならなかった。

「今後も先生を好きという男が現れるのかと思うと、嫉妬で狂いそうになる」

「俺もです」

「いつかまずいことになるかもしれない。先生の魅力は無限大だからな」

「それも同じです」

「ん？」

「俺も思ってました。いつか伊武さんを好きという人が現れて、俺はもう必要とされなくて、一人残されて……そう考えただけで心臓がきゅっと縮みます。もしそうなったら、頭がおかしくなってしまう。伊武さんだけじゃなくて、俺だって何をするか分からない」

「関係ない。俺が先生を好きなことに変わりはないからだ」

伊武の言葉はもちろん信じられる。

それでも不安は拭えない。伊武が魅力的な男なのは誰よりも自分が知っているからだ。

「そうなったら、俺も伊武さんみたいに襲撃するのかもしれない。白鞘のレディースモデルの短刀で」

「くそ、雷と風井か。全くあの二人は――」

「俺にドスの使い方を教えて下さい」

「絶対に駄目だ」

キスしながら自分の発想に苦笑する。相手を攻撃したところで、なんの解決にもならないのは分かっている。

「もし何かあれば、二人で考えればいいんですよね」

「そうだ。心が寄り添っていたら問題ない。何か起きたらその都度、二人で考えたらいいんだ」

「はい」

伊武が自分と同じ気持ちで安心する。

今後、誰かが現れても二人の関係を壊すことはできないと信じられる。逆にその絆が強くなるだけだ。

「惣太……」

「……うん」

「俺のものを舐めてくれ」

「分かった」

伊武が乞うのは珍しい。素直な要求が嬉しかった。

ソファーに座っている伊武の脚の間に自分の体を入れる。ベルトに手を掛けて外し、ボトムを少しだけずらして、下着の膨らみを露出させた。

「やっぱり可愛いな……」

伊武が頭を撫でてくれる。

悪戯心が沸いた惣太は、下着の隙間から伊武を出してみた。

窮屈そうに出てくるペニスが愛おしい。ぶりんと出てきたそれを、ドウドウと少しだけ宥めて、真っ直ぐ伸びる形に整える。やはり、根元が大木のように太く生えているせいで、下着が引っ張られて破れそうになっていた。

「何してる」

「ここだけ出したらエロティックかなって」

「先生はクリエイティブだな」

「違うし」

エロをクリエイトしてくるのはいつも伊武の方だ。たまには自分も、と意趣返しのような気持ちになる。

亀頭に顔を寄せると、もう薄っすらと先走りが滲んでいた。濃い雄の匂いに頭がくらくらする。

根元を持って両手で引き寄せ、先端に口づける。

——ああ、熱いな……。

つるりと丸みを帯びた肉に唇が触れるだけで熱い体温を感じた。最初は唇だけでその感触を楽しむ。吸ったり食んだりするだけで気持ちがいい。ぱつぱつに詰まった肉の充溢感に興奮する。

「んっ……んふっ……くっ……」

先端の切れ込みを舌でくすぐると潮の味がした。そのまま敏感な裏筋や傘の縁を愛撫する。

亀頭だけでも大きすぎて深く飲み込むにはコツがいる。先走りの力を借りて括れのところまで飲み込んだ。

「ああ、先生……上手だ」

「んくっ……ふぅ……んっ……」

頭の後ろを撫でられる。そんな優しさが嬉しい。

根元を支えるように両手で持って、幹まで口淫できるように口を開ける。舌で筋を愛撫しながら深く飲み込んだ。唇で扱くように吸い上げる。

「苦しくないか？」

「ん」

口がいっぱいで喋れない。大丈夫だと目で訴える。

——でも……大きい。

それだけじゃない。太くて長くて硬い。ナマコの本気はやっぱり凄い。

口腔全体を伊武に犯されているみたいで興奮する。

唇の端の粘膜は引き延ばされてピンと張っていた。敏感な上顎や頬、歯の裏側や歯茎、舌や喉の奥の粘膜まで伊武の性器に触れている。ストロークするたびに、あらゆる場所が擦られて気持ちがよかった。

「ああ……」

伊武の喘ぎが聞こえる。好きな男が喘ぐ声は、なんてエロティックなんだろうと思う。

——好きだ。

もっと喘がせたいと思う。

ペニスをつかんだまま、一度、口を離して伊武の顔を見る。

視線を合わせたまま濡れた肉にちゅっとキスする。幹にもちゅ、ちゅっと口づけた。

「ああ、くそ――」

先端から順に窪みを舐め、裏筋を舐め、括れをくすぐり、幹の血管を辿る。伊武の脈動を感じていると、さらにそこが大きく硬くなった。

「俺のものを飲ませたくなる。ああ……」

「伊武さんを、中に出して」

手で扱きながら、再度、深く飲み込む。そのままリズミカルに吸い上げた。

――美味しいな……。

伊武が美味しい。もっと欲しくなる。

しばらく続けていると限界を迎えたのか、伊武が自分の怒張をつかんだ。立ち上がって惣太の頭を押さえながら、もう片方の手で支柱を扱いている。男の嗜虐的な行為に惣太は益々、興奮した。

「んっ……くふっ……」

「苦しくないか」

「んっ……」

惣太はデニムをずらして己の勃起を取り出すと、その場で自らを慰めるように擦った。

「ああ……先生」

伊武を自動的に口で愛撫しながら自分を扱く。呼応するような快楽に膝が震えた。

「出すぞ」

「んっ……」

そう言われて覚悟を決める。伊武の根元がビクビクと痙攣しているのが分かる。

そのまま大きく一度、ビクンと跳ねた。

――あ……来る……。

伊武が息を詰めたのが分かった。

すぐに喉の奥に衝撃が来た。熱くて濃くて倒れそうになる。

匂いにも煽られて頭がくらくらした。

「先生……」

どろりとした固まりがなるべく舌の上に残らないように避けながら飲み込んだ。

喉の奥を熱い液体が落ちていく。

その感触はたまらなく気持ちがよかった。

――ああ、伊武さんだ……。

征服された悦びに指の先まで甘く痺れた。


今度は惣太が愛撫される。

全裸で立ったまま小さなテーブルの上に片足だけ載せられた。その格好が恥ずかしい。

伊武は惣太の前に跪いてフェラチオを始めた。片方の手は惣太のお尻を撫でている。すぐに隙間に伸ばされ、目的の場所を指でノックされた。

「あっ……」

「先生、俺の肩に両手を置いて」

言われてしがみつく。複雑な快楽でぐらぐらする体をなんとか支えた。

視線を落とすと、伊武の美しい顔が見えた。真っ直ぐな眉と長い睫毛、高い鼻梁に品のある唇。その唇が自分のペニスを咥えているところが見えた。

――ああ……。

なんて官能的な光景なんだろう。濡れた性器が出入りしているのは伊武の口なのだ。おまけにテクニックは最上級だ。あっという間に追い込まれてしまう。

「あっ……あうっ……」

茎の根元へ垂れている液体を指ですくわれて、そのまま後ろに宛てがわれる。長い指が目的の場所へ潜り込んでくる。

「伊武さん、それ――」

前と後ろの快感で立っているのがやっとの状態だった。

気持ちがよくてたまらない。体が溶けそうになる。

「待って――」

我慢したくてもできない。伊武の口の中で自分のものが脈動しているのが分かる。

その熱い口の中に何もかも出してしまいたい。

男の欲に満たされる。

「伊武さん、もう……」

達きそうだと伝える。伊武の肩をつかんでいる手に力を込めた。

――あ……いく……。

伊武の口の中に射精する。背徳感以上の快楽に飲まれてしまう。

あまりの気持ちのよさに腰が痺れた。

快楽の余韻も解けないまま、ぐったりした体を伊武に抱き上げられる。そのまま寝室へと運ばれた。ベッドの上に乗せられて脚を開かされる。

「あっ……嘘……」

惣太が出したものを尻の間に垂らされた。恥ずかしくてたまらないのに、膜のできた穴に指を入れられる。くちゅっと嫌らしい音がした。

そこを指で掻き回されながら、覆いかぶさった伊武に乳首を吸われる。熱い舌が敏感な皮膚に触れて、体がビクンと跳ねた。

「可愛いな。ここまで硬くなっている」

「や……」

じわりじわりと乳暈からしこりに向かって熱がくる。やはり、そこも快感で硬くなってしまうのだろう。軽く歯を立てられて甘い声が洩れる。

「気持ちいいか？」

「……うん」

「先生のその顔が好きだ」

見られているのが分かって顔が熱くなる。

もう何もかも知られているのに、それでも羞恥が募る。痛みも快楽も、我慢も恍惚も、全部知られているというのに。

「挿れてもいいか」

「もう……」

「俺が欲しいか？」

目を見て頷く。すると伊武が優しい顔をした。

「先生、自分の脚を持って」

「……こう？」

「それでいい」

膝の裏を持って少し脚を開く。その間から伊武の逞しい上半身が見えた。

男の真っ直ぐな鎖骨と滑らかな胸筋が色っぽくて興奮する。

二の腕からわずかに見える刺青も綺麗だ。あの体に思いっきり突かれたいと、そう思ってしまう。

「先生」

見つめられながら貫かれる。

熱い肉の塊が惣太の窄まりに口づけて、そのまま潜り込み、中を濡らしながら奥まで進んでくる。

解されたのにやっぱり苦しい。伊武が大きすぎるからだ。

「あっ……あぁぁっ……あうっ……」

「先生の中に入っている」

「やっ……」

喘いで開いた唇の隙間に、今度は伊武の舌が入ってきた。

——気持ちいい……。

セックスしながらのキスは本当に気持ちがいい。

全身で伊武を感じている気がする。どこも好きな男の体でいっぱいだ。

舌を絡めながら揺らされる。溶け合って、混ざり合って、一つになる。

——ああ……凄い。

心さえも溶けて一つになっている気がするのは、自分の錯覚だろうか。

きっとそうじゃない。

体を繋げることは心を繋げることでもある。それは常にイコールで結ばれているのだ。

「先生の感じてる顔、たまらなく可愛い」

「あっ……硬い……」

伊武の汗が落ちてくる。その濡れた前髪が煽情的で益々、好きになる。

脚から手を外し、額に手を伸ばそうとすると強引につかまれた。恋人繋ぎのままシーツに押しつけられる。

「先生」

「あっ！」

ぎりぎりまで引き抜かれて、最奥まで穿たれる。伊武の逞しさを感じて全身が震える。

この快楽はどこまで行くんだろうと思い、際限がないことを知る。お互いの体を隅々まで求めているのが分かるからだ。

一度、抜かれて体を返される。今度はバックの体勢で突かれた。

恥ずかしいのに気持ちがいい。

この体位だと伊武が真っ直ぐ入ってくる上に、感じる場所を強く抉られて理性が砕け散る。

――熱い……。

伊武が前後するたびに、自分の先端から透明な腺液が流れ出ているのが分かる。それがシーツに卑猥な水玉模様を作った。汚していたたまれない気持ちになるのに、もう止められない。

「先生、我慢しなくていいから」

「う……ん」

どうせならと右手で性器をつかんで扱いてみる。伊武の動きと併せて擦ってみた。

――あ……気持ちいい……。

射精感を我慢すると伊武をきゅっと締めつけてしまう。それがさらに自分の快感になって、どうしようもなくなる。

「俺を締めつけて離さない先生が、一途で愛おしくなる」

「あっ、ああっ……それ、いい……」

伊武が気持ちのいい場所を攻めてくれた。泣くほどの快感に息が止まる。

ずんと強く貫かれた瞬間、自分の亀頭を親指で軽く潰した。伊武と性器が繋がって一つになったような錯覚を抱く。そのまま限界まで後背位で追い込まれた。

呼吸が乱れ、汗が飛び散り、体温が上がる。

片手をシーツについて喘いでいると、もう一度、体を返された。

正常位の体勢で伊武の肩に脚を掛けさせられる。コンパクトに畳み込まれて、それ以上、身動きが取れない状態にさせられた。そのまま、ずぶっとひと息に根元まで突き込まれる。

「やあぁっ……ひっ……」

「全部入った。もう隙間がない」

苦しさに喘ぐ。すぐに伊武の抽挿が始まり、激しくなった。

「あっ……あぁっ……うっ……」

「何もかもが愛おしい……可愛くて仕方がない」

揺らされて穿たれて、抜かれて貫かれる。気持ちがよすぎて頭がおかしくなりそうだ。

深く入りすぎるペニスに泣き声を上げながら、それでも伊武が欲しいと思う。離れたくないと思う。

――ずっと一緒にいたい。

一つになっていたい。

例えどんな人が現れようとも変わらずに好きでいるから。

伊武が好きな自分を信じられる。

やっと自分自身を信じられるのだ。

だから大丈夫。

もう何も揺らぐことはない。

それは伊武が持っている強さと全く同じものだからだ。

「惣太」

「うん」

「愛してる」

「俺も……です」

体と心が共鳴する。言葉と想いも共鳴する。

幸せの意味が分かった。

「……伊武さん、もう俺――」

「いいぞ、俺もだ」

激しく体を揺らされる。

もう前後左右の感覚もない。あるのは伊武の存在だけだ。

――頭が変になる……。

気持ちがよくてたまらない。

ほとんど射精しているような状態だった。

「あっ……もう——」

「惣太」

伊武の脈動が分かる。熱風のような圧を感じた時、自分も吐精していた。

——中が熱い……。

奥で伊武が弾けた。

圧倒的な快楽にもう言葉も出ない。

意識が薄くなっていく。

伊武が何度も愛していると言ってくれたのが分かった。

——ああ、幸せだな……。

最上級の快楽と幸福の中で、惣太は意識を手放した。

14．完璧な終焉

「先生、この黒い羊羹はなんだ」

「え？　あ、――わあっ！」

惣太が冷凍庫に隠していたダークサイド羊羹が、とうとう伊武に見つかってしまった。

言い訳できずに兄のことを話す。

すると伊武がこれまでの経緯を兄に説明すると約束してくれた。

果たして上手くいくのだろうか。

結果はどうなるか分からないが、もうこれ以上、誤魔化すことはできない。惣太が何を選んだのか、そして誰を選んだのか、その事実を兄に伝えるべきだと思った。

兄と連絡を取ると、とうとう決断したのかと、嬉しそうな答えが返ってきた。惣太が両親にも話すと言うと、それは自分と話した後にしてくれとお願いされた。

約束の日が来る。

惣太は前回と同じように兄をコーヒーショップに呼び出していた。

伊武と一緒に店へ向かう。すると約束の席に兄とその妻の可南子《かなこ》が座っていて驚いた。

恐る恐る近づく。

一礼して席に着くと案の定、伊武を見た兄が嫌な顔をした。けれど、可南子は特に気にする様子もみせなかった。

「惣太、これは一体――」

「あの、うん」

挨拶をしたものの沈黙が続く。

その沈黙を破ったのは可南子だった。

元銀行員の可南子はさっぱりした性格をしている。兄と結婚して女の子を設け、現在は霽月堂《せいげつどう》の顔として店を切り盛りしている近所でも評判の若女将だ。

「突然、来ちゃってごめんね。凌太から話は聞いてるから心配しないで」

「あ、はい」

惣太は頷いた。

「凌太だけだと揉めそうな気がしたから、ついてきちゃった。でも私、惣太くんの味方だから」

「あの、ありがとうございます」

惣太は軽く頭を下げた。伊武がもう一度、二人に挨拶をする。

「お義兄さんにはきちんとお話をと思いまして、このたびはお時間を頂きました。お忙しいところ、申し訳ございません」

「あ、いえ、そんな」

兄は両手を振ってみせるが目は合わさなかった。

「……けど、惣太。例の人のことはどうなったんだ？」

「うん、そのことなんだけど――」

惣太が口ごもると伊武が助け船を出してくれた。

「実はそのアメリカのinitium社の社長であるキョウ・イーサン・Jrは私の弟なんです。名前は伊武響二郎といいまして、歳は私より二つ下の次男になります」

「お……おと、弟」

「はい」

兄は伊武の目を見た後、深く項垂れてしまった。どうやらこの状況が理解できたらしい。そこで可南子が口を開いた。

「私、実はなんとなく気づいてて」

「可南子さんが？」

「うん。前に惣太くんから恋愛相談されたことあったでしょ。あの時に少し感じるものがあって、もしかしたらそういう相手なのかなって」

「そう……だったんですね」

「それと、商店街であったバレンタインのイベントで、お姫様抱っこの競技に参加してたでしょ？あの時、なんか二人の距離が近いなって思ってたから」

「あ、はい……」

やっぱり義姉にはバレていたのかと思う。

お姫様抱っこの競技とは、長く抱っこできたカップルが勝ちという商店街発案の耐久イベントで、伊武と惣太は図らずもその競技で優勝してしまったのだ。

賞金は二位の親子に譲ったが、その競技の様子をユーチューバーに撮影されたり、商店街の広報誌に二人の写真が載ったりと、思いのほか話題になってしまった。

「これは多分……だけど、お義父さんはともかくお義母さんの方は、もう気づいてると思う」

「え？　本当ですか」

「女の勘はやっぱり誤魔化せないから」

「はあ、そうですよね……」

知っている二人が恋愛関係にあるとか、誰かが誰かを好きだという恋の雰囲気は、隠していても女性には分かってしまうものなのかもしれない。兄の天然具合の方が実は珍しいのかもと、惣太は思った。

「私は惣太くんの気持ちや想いが凄く理解できるの。立場は違うけれど、別世界の人と恋に落ちたという点では同じだから。でも、凌太の気持ちも分かってあげてね」

兄はまだ塞ぎ込んだままだ。膝の上に置いた手に視線を落としている。

「凌太は惣太くんのことを溺愛してるから。小さい頃から大切にしてきたみたいだし」

可南子がそう言うと突然、兄が口を割って入ってきた。

「惣太は家《うち》の正義なんだ。高良家の宝物なんだ」

「兄ちゃん……」

「惣太は小さい頃から俺に懐いてくれて、慕ってくれて……だから俺も大切にしてきた。歳は三つしか違わなかったけど、小さい頃は本当に可愛くて天使みたいで、俺の自慢の弟だった」

伊武は兄を真っ直ぐ見ている。兄も顔を上げてその目を見た。

「俺は同性が好きということに対して偏見はない。人を好きになるのに性別は関係ないだろう。けど、伊武さんはヤクザだ。俺はそれを受け入れることはできない」

その言葉に可南子が反論した。

「あなたの気持ちは分かる。でも、ヤクザって言ってもそれは血筋みたいなものだし、今現在、伊武さんが反社会的な行為をしているわけではないでしょ。実際にこの商店街を救ってくれたんだし、私は必要悪だと思ってる」

ついこの間、長ドス持って東翔会にカチコんだけどな……とセルフツッコミが入るが、伊武は真面目な顔で聞いていた。

「バックにヤクザがついてくれてたら安心でしょ。凌太は惣太くんを取られたくないだけよ」

「それは違う」

「そうかしら」

しばらく二人はやり取りを続けた。

話し合いはそのまま平行線を辿った。最後に伊武が口を割った。

「お義兄さんに今すぐ理解して頂くのは、やはり難しいと思います。私としては時間を掛けて二人の関係をご判断頂ければと思っています。これで終わりではなく、チャンスを頂戴したい。どうか温かく見守って頂けると幸いです」

伊武は深々と頭を下げた。

けれど、兄は軽く頷いただけで何も言わなかった。その後は、ただの沈黙しか交わせなかった。

答えの出ない話し合いが終わり、店を出る。

狭い歩道を伊武と並んで歩いた。

やっぱり駄目だったと思う。

——そりゃそうだろう。

兄は清廉潔白な男だ。反社会的な存在を最も嫌うタイプの人間なのだ。惣太の気持ちは理解できないだろう。

足取りが重くなる。

これからどうしようかと考えていると、道の後ろから兄の声が聞こえた。

驚いて振り返る。

兄は少し離れた場所に真っ直ぐ立っていた。

追い掛けてきたのだろうか。

「伊武さん！」

兄は伊武を呼び止めると、何か言いたそうな表情で拳を握り締めた。もう一度、口を開く。

「俺はやっぱりあなたを許せない。純粋な惣太の心を誑かしたからだ」

「お義兄さん……」

「けど、あなたはこの商店街を救ってくれた。皆の幸せのために動いてくれた。俺が今、毎日こうやって和菓子を作れるのも、惣太が笑顔でいられるのも、全部あなたの救済のおかげだ」

兄はぐっと唇を噛み締めた。

「俺ができなかったことをあなたがやってくれた。そのことに感謝している」

「兄ちゃん……」

思わず声が出て、目の奥が熱くなる。

兄は兄としてやりたかったことがあったのだと、その心の内を今、初めて知った。

ずっと隠し持っていた、兄の信念の強さに胸が詰まる。

「ごめんな惣太。本当は分かっている。惣太は一途で頑固な性格だ。これと決めたらテコでも動かない。高校生の時に突然、医者になると言って本当になった。そういう男だ」

兄は両手の拳を握り締めたまま、伊武をぐっと睨み上げた。

対峙するような視線で伊武に呼び掛ける。

「伊武さん」

「はい」

「惣太は世間知らずの医者かもしれませんが、真面目で思いやりのある男です。どうか、惣太が傷つくようなことだけはしないで下さい」

「もちろんです」

「惣太をよろしくお願いします」

兄は深々と頭を下げた。

伊武も静かに頭を下げる。

二人の姿を見て、込み上げてくるものがあった。

自分はなんて大きな愛に包まれていたのだろうと胸が熱くなる。

——兄ちゃん……。

目頭を擦りながら、一つの決意をした。

これまでずっと、幸せになりたいと思っていた。

漠然とそう思っていた。

けれど、今日からは違う。

——幸せになるんだ。

自分は幸せにならなければいけない。

絶対にそうならなければいけない。

これだけたくさんの人が二人を応援してくれているのだから。そして、こんなに温かい愛に背中を押されているのだから。

兄は静かにその場から去った。

涙で滲んだ世界の向こうに、兄の寂しそうな後ろ姿が見える。

小さくなっていく背中に向かって、必ず幸せになると心の中で誓った。

——ありがとう、兄ちゃん。

伊武と惣太はその姿が見えなくなるまで見送った。


二週間後、自宅に荷物が二つ届いた。

一つは惣太の兄の凌太から、一つは伊武の弟の響二郎からだった。

「ギャラクシー羊羹、完成したのか？」

「うん、そうみたいです。わあ、綺麗だな……」

包みを開けると羊羹が見えた。

――紺碧の青……。

あの漆黒の羊羹が、ブラックホールから銀河の宇宙へ無事に戻ってきたのだ。

本当に綺麗だ。

手の中に小さな宇宙があるようだった。

「響二郎の荷物はなんだった？」

「これです」

小包を開けてみると、ニューイングランドスタイルのクラムチャウダーの缶詰と食器のセットだった。

二人で使えるようにと、どの食器も対になっている。

そういえばキラキラの森でも社長は食器を揃えてくれた。家族みんなで食事を取ることが幸せの始まりだと知っているからだろうか。

「嬉しいな」

白いお皿に兄が作った羊羹を載せてみる。まるで誂えたようにぴったりで、どちらも輝いて見えた。

それをダイニングテーブルに並べて二人で仲良く食べる。

「美味しいな」

「うん。見た目も味もすっきりしていて美味しい」

「皿も綺麗だな」

「宇宙が映える白ですね」

伊武と目を合わせて笑った。

「お互いブラコンの兄弟を持つと大変だな」

「そうですね」

「先生のお義兄さんは、なかなか手強かったな」

「俺は伊武さんの弟の方が手強かったです」

「どっちも強烈だったな」

「愛が深すぎました」

「だな」

苦笑しつつ、こんなに幸せなことはないと思った。

いつか二人を会わせてみたい。

そうしたらまた、新しい羊羹と新しいメタバースゲームが生まれるのだろうか。
そんな日が来るといいなと思いつつ、二人で見つめあって――キスした。
甘い砂糖の味がする。
これはきっと幸せの味だ。
キスだけの甘さじゃない。
それは苦い現実を乗り越えて手に入れた、本物の幸せの味だった――。

《『ファーストコール～童貞外科医、年下ヤクザの嫁にされそうです！～』第4部・了》

おまけ
ショート
ストーリー

キョウ社長の優雅な休日

～ヘミングウェイと海に沈む夕陽～

ああ、ハゲる。

頭がハゲる。

僕の毛根を殺しにかかる、このストレスから解放されたい――。

朝のスケジュール調整から始まり、医療用ＶＲプロジェクトの進行管理、メディア対応に広報活動、技術チームとの連携、戦略会議にプランニング、自己学習と業界トレンドの追跡……永遠に終わらない仕事と重なるタスク……。

――駄目だ。

これ以上、抱え込んだら確実にハゲる。

医療系ＶＲベンチャーinitium《イニティウム》の社長――キョウ・イーサン・Ｊｒこと伊武《いぶ》響二郎《きょうじろう》は、秘書に連絡をして一日だけ休みをもらうと、その足で飛行機に乗り込んだ。

――こんなイケメンの僕がハゲるわけにはいかないんだ。

響二郎が乗り込んだ飛行機はボストンからフロリダ州キーウェストへと飛んだ。

フロリダ半島から南西に伸びるフロリダ・キーズ諸島の西端、キーウェスト島――。

アメリカ本土の最南端、もうここはほとんどキューバだ。

アメリカの文豪であるアーネスト・ミラー・ヘミングウェイが愛した地でもある。彼が飼っていた猫は六本の指があり、現在もその猫の子孫がこの島にいるというのは有名な話だ。

「とりあえず、幸運の猫の頭でも撫でてみるか……」

これまで一度も、その六本指の猫に出会えたことはない。

今回、会えるかどうかは分からないが、響二郎が人気のリゾート地であるマイアミではなくキーウェストを選んだのには明確な理由があった。

アメリカのパリピ――ドーパミン出まくりのparty animal《パーティーアニマル》がわんさかいるマイアミのビーチではなく、海以外に何もない静かな場所で、ただぼーっとしたかったからだ。

――頭がハゲる前に、大自然の中でしっかりと癒されてやる！

同じフロリダでも東海岸のビーチはほぼ人工海浜だが、キーウェストは天然の砂浜であることもポイントが高い。今回、響二郎は、真っ白な砂浜と青緑色の海が他より美しい、ラグジュアリーホテルのプライベートビーチを選んだ。

――砂浜でビールを飲みながら本を読んで、最後に夕陽を眺めて癒されてやる。

そのためにここに来たのだからと自らテンションを上げる。

響二郎はチェックインを済ませて短パンとアロハシャツに着替えると、早速、砂浜の上に設置されたビーチチェアに一人で横たわった。

ビールを飲み、辛子パウダーのかかったプレッツェルを食べながら、文庫本《ペーパーバック》のページを捲る。

ビールがなくなった後はフローズン・ダイキリを頼んだ。ヘミングウェイが愛したカクテル――ラムが倍量のパパ・ドブレだ。

悪くない。

アメリカ人が作る果汁やアルコールの量がザルのカクテルでも、青空の下で飲むと美味しい。

キューバ産のホワイトラムらしいほのかな甘みやスパイシーさも好みで、これがベースのモヒートと料理も注文した。

ダイエットなどクソくらえと、キーライムのかかったコンク貝のフライとフレンチフライを一緒に食べる。もちろんどちらも超大盛りだ。

煩悩を満たしまくる響二郎にさえも自然は雄大で優しい。

エメラルドグリーンと深い碧色を持つ海は、その境界線でお互いの美しさを際立たせていた。

――ああ、天国だ……。

空がどこまでも高く青い。

砂浜は眩いほどに白く輝いている。

海風も優しく、波の音が心地よく耳に響く。

――静かで落ち着くな……。

自分がかつて海にいた生き物なのだと肌で感じる。

響二郎がぼんやりしていると、傍にカモメがやってきた。

冠羽が特徴的なカモメ――多分、アメリカオオアジサシだ。頭の毛が黒のギザギザで一般的なカモメより見た目のガラが悪い。カモメ界のチンピラだ。

そのカモメが響二郎の手元を見て体を左右に揺らしていた。

「なんだ、腹が減ってるのか」

響二郎がプレッツェルの欠片を投げるとカモメが近づいてつついた。頭を上げて、もっともっと首を振る。次はポテトの欠片を投げてやる。

可愛い。こうやって野性の生き物と触れ合うのも久しぶりだ。

日本にいた頃は、常に屋敷に犬がいて、その犬と遊ぶのが日課だった。

そんな日常も遠くなり、自分がずいぶん遠い場所に来たのだと実感する。

「そうだ」

響二郎はポケットからスマホを取り出して電源を入れた。

一気に入る通知に舌打ちをしつつ、それらを無視して、あることをした。

「これをこうやって……と」

ビーチチェアに寝転びながらスマホを操作する。

画面の向こうに見える青空にまた感動しつつ、こんなところでも出てしまう自分の欲望に苦笑した。

「……好きだよな、ホントに」

スマホの画面はGoogle Earthを起動していた。ストリートビューである場所を見る。

すると、一人の男が写っていた。

――惣太《そうた》先生だ。

響二郎は兄の征一郎《せいいちろう》と惣太と別れてから、その写真の全てを消去していた。

アメリカに戻る飛行機の中で、全てを清算し、新しい世界を生きるつもりだったのだ。

もちろん、未練はない。

写真を消去した後悔もなかった。

けれど、ある夜にふと寂しくなって、惣太が勤務していた大学病院をGoogle Earthで検索してしまった。

すると、画像の中に惣太を見つけた。一枚だけだったが、全身が写っているものがあったのだ。

もちろん顔にはモザイク処理が入っている。けれど、響二郎にはそれが惣太本人だとはっきりと分かった。

――やっぱり、可愛いな。

病院の傍の歩道を歩いている惣太の姿。

少し小走りで画像がぼやけているのもご愛敬だ。

――いつも、ちょこまか動いてたもんな。

そんなところがたまらなく可愛かった。

大好きだった。

「ああ、もう……」

意味のないことはやめようと思い、一度、スマホを置いた。

けれど、すぐに気になって、今度は伊武組の本宅を検索してみた。

さすがにヤクザの邸宅だ。人の姿は写っていない。

さらに周辺の道路を検索していると、屋敷の角になり、その奥に大型犬を散歩させている組員の姿が写り込んでいた。

「あー、これを最初に見てたら、すぐ気づいたのにな……」

惣太が飼っていたという犬の写真は、実はペットのものではなく、伊武組の番犬であるドーベルマンの画像だったのだ。

断耳と断尾をしていないドーベルマンで、どこか不自然に感じたが、響二郎はすっかり騙されていた。

他の景色も見てみる。

スマホ上の矢印を指でぐいっと進めながら眺めていると、長く続く屋敷の壁伝いに、気になる人影があって手を止めた。

——え、これって？

屋敷の裏門の辺りで姉の子どもである悠仁《ゆうじん》と茉莉《まり》、その傍に成人男性二人が写っていた。

——兄ちゃんと惣太先生だ……。

どちらも黒いスーツを着ている。顔は分からないが、背格好で認識できた。

過去の写真を調べると誰も写っていなかったが、最新版のストリートビューには四人の姿がはっきりと写っている。それが二人の〝愛の軌跡〟のようで面白くなかった。

「くそっ、この写真のせいでまたハゲそうだ！」

響二郎は歯ぎしりしながらスマホの電源を切った。

こんな美しい海で自分は何をしているのかと、セルフツッコミをする。

全く、情けなくて嫌になる。

――カッコよくて完璧で、いつもキラキラしている僕なのに……。

誰もが手を伸ばして欲しがる男のはずだ、そうでなくてはならない。絶対にだ！

響二郎はそう繰り返し自分に言い聞かせて、なんとか心の傾きを持ち直した。

「けど、簡単に諦められないのが恋だよな……くそっ――」

しばらくの間、空虚な悪態が続く。

響二郎は心の中でぼやきつつも、勝ち目のない行為をこれ以上、続けるつもりはなかった。

――分かっている。全部、分かっている。

――最初から負けだったんだ。

自分があの完璧な兄に勝てるはずもなかった。

完敗だった。


あれこれ考えているうちに日が沈み始める。

夕陽が世界をオレンジ色に染め上げて、空も海も砂浜も同じ色彩になった。

それは南国のカクテルをそのままこぼしたような鮮やかなルビーオレンジで、自分の影さえも飲み込んでしまうほどの力強さがあった。

——綺麗だな……。

涙がこぼれそうなほど、強く美しい夕陽だ。

響二郎はこんなにも胸を打つ夕焼けを見たことがなかった。

——ああ……。

空の縁が藍色に染まり始め、橙色とのグラデーションが水平線に迫る。

太陽は最後の輝きを見せながら、ゆっくりと海に沈んでいった。

世界から音が消え、本物の静寂が来る。

同時に、響二郎の中から、兄と惣太の影が消えていく。

美しいこの世界で一人きりになった。

寂しかった。

ただただ、孤独だった。

けれど何かに抗うように、そして、どこか観念したように静かに沈んでいく太陽の姿が、響二郎に勇気を与えてくれた。

——ままならないのは当たり前だ。

世の中はそういうふうにできている。

響二郎はグラスを手に持って太陽と乾杯した。

——乾杯で完敗。

苦笑しつつ、僕の失恋、バイバイと夕陽に手を振る。
別に構わない。
日はまた昇るんだ。

《了》

紙書籍限定
書き下ろし
ショート
ストーリー

兄と弟のバトルロイヤル

〜Bloodline Death Match〜

松岡編

このところ、伊武組の若頭――伊武征一郎の様子がおかしい。

その右腕であり、幼なじみでもある若頭補佐の松岡は、伊武組本家の縁側で物憂げに佇んでいた。

――若頭はまた、高良先生……いえ、愛しの惣太先生のことで、お悩みになってらっしゃるのでしょうか。

眼鏡の蔓《つる》に人差し指を押し当てながら眉を顰める。これは考え事をする時の松岡の癖だ。

――何か大ごとにならなければよいのですが……。

伊武は松岡に対して軽口を叩くことはあっても、普段はヤクザの若頭としての顔しか見せない。

たとえ表情に変化があっても、それに気づくのは松岡だけだ。

だが、今の伊武は心の内が丸分かりだった。伊武に心酔している田中やアホ犬の正宗でさえも、その変化に気づくかもしれない。

――全く、困りましたね……。

先ほどから伊武は本家の和室で一心不乱にスマホを操作している。

一抹どころではない不安を覚えた松岡は、それ以上我慢ができず、伊武に向かって声を掛けた。

「ずいぶん熱心なようですが……一体、何をされているんですか?」

「…………」

「若頭？　どうかされましたか？」

松岡の問いかけに、伊武が顔を顰めてみせる。訊くなという意味だと分かっていたが、松岡は引かなかった。

「……おまえは本当に嫌な男だな」

「なんの話です？」

「何もかも分かっているくせに、そうやって、わざわざ俺の言葉を引き出そうとする」

「なんのことでしょうか？」

「とぼけるな。匂いがした途端にあれこれ嗅ぎ回る、ハイエナ野郎なんだろ」

やはり、これは仕事ではなくプライベートの問題なのだと確信する。伊武がこうやって感情を剥き出しにするのは高良先生に関することだけだ。

「なるほど。今の若頭は匂いのする屍肉なんですね、お可哀相に。だから、こうやってハイエナが寄ってくるんですよ」

松岡はわざとハイエナの動きを装って伊武の背後へ近づいた。そのままスマホの画面を覗き込むと、気配を察した伊武が素早く体を翻した。

一瞬だったが、可愛らしいゲームのアバターが見えたような気がする。

「ゲームか何かに、課金されているのですか？」

「…………」

「若頭?」

「世界の治安を守っているだけだ」

ヤクザが治安保全とは、全く聞いて呆れる。

けれど、言葉に出さなかった。自分は穏やかかつ、冷静沈着が取り柄の男だからだ。

実はその慇懃無礼さが周囲に恐怖を与えていることに、松岡本人は気づいていない。

「なるほど。ゲームの中でも、治安を守っておられるのですね」

ふむ、と大きく頷いてみせる。とりあえず共感しておいて、その後に、じっくりと内容を詰めることにした。

「若頭は、そこでもヤクザなのですか?」

「だったらどうなんだ」

「極道としての地肩の強さは、ヴァーチャルな世界でも活かせるのでしょうか?」

「……嫌味なら、もういい。いちいち陰険腹黒眼鏡を出すな」

「はあ、そうですか。お忙しいことです」

松岡は「若頭の悪口《あっこう》は一つも聞こえませんので」と続けたが、伊武の返事はなかった。

——全く……。

我儘な少年のようだと心の中で苦笑する。

松岡は溜息をつきながら、次はどうやって攻めようかと考えあぐねた。

伊武と松岡は保育園の頃からの幼なじみだ。

保育園時代に喧嘩の仲裁がきっかけで仲良くなった二人は、同じ小学校と中学校に進み、高校で一度、離れたが、また大学で一緒になった。伊武は大学時代に極道として生きる道を選び、松岡は法学部を卒業した後、法科大学院で二年学び、司法修習の一年を経て弁護士になった。

松岡にとっても、伊武との出会いは一つの運命であった。

孤独な少年時代を過ごしたせいか、松岡は心に空洞を抱えたまま大人になり、女手一つで育ててくれた教師の母親を亡くしてからは、ただ大金を稼ぐことだけが人生の目的になっていた。

そんな時に伊武から組の顧問弁護士に誘われたのだ。

伊武組《うち》に来たら〝大金〟を稼がせてやる、と。

もちろん、松岡はヤクザの顧問弁護士になるつもりはなかった。けれど、伊武の真意を知った時、考え方が百八十度変わった。

伊武の真意、つまり伊武組の正義とは、全ての人間にチャンスと愛情を与えることだった。

――ヤクザ組織というのは人と社会の再生工場でなければならない。

強くなった以上、弱き者の味方になれ。資格を取れたのはおまえだけの力じゃない。そのスキルをきちんと社会に還元しろ。

伊武の言葉は、今も変わらず松岡の心の中にある。

その後《のち》、二人の関係性は若頭と補佐に変わり、立場も話す言葉も変化したが、伊武の信念と人柄は一つも変わらなかった。

唯一、伊武に変わったことがあるとすれば、自分の命を救ってくれた医師と恋に落ちたことだろう。

——あれは本当に、運命の瞬間でしたね。

松岡は、男が恋に落ちる瞬間をこの目で見た。

それは、世界が一変してしまうような、鮮やかな一目惚れだった。

運命を信じていない松岡にも、その存在を確信させてしまうほどの衝撃があった。

もちろん相手が男性だったことには驚いたが、その驚きももはや思い出せないほど、二人の絆は深いものになっている。

——自分よりも大切な存在に出会えたのは、本当に尊いことです。

松岡は伊武以上に、二人の関係が長く続くことを望んでいた。

数日後、伊武組本家——。

松岡は伊武のただならぬ雰囲気に気圧《けお》されていた。

この間よりも眉間の皺が深まり、苦悩が濃縮している。伊武の悩みがより深刻化したことが見て取れた。

和室の縁側でスマホ片手に震えている伊武に声を掛けると、驚く答えが返ってきた。

「——俺は、人を殺してしまうかもしれない」

「殺し、とは……つまり、バラシですか？」

「そうだ」

「社会的抹殺ならいつも行われてるのでは？」

「違う。本物の殺人だ」

どういうことだろう。

ヤクザの抗争だとしても、昨今の業界では実際に人殺しなどしない。

現在のヤクザは暴力団対策法や暴力団排除条例、組織犯罪処罰法の制定により暴力行為はおろか金融機関の口座開設や住宅の賃貸・売買契約、ひいては名刺一枚でさえ作ることができない。大手を振ってヤクザをやれる時代はとうに終わっているのだ。

だからこそ、令和のヤクザは地下に潜り、巧妙な組織化を図ってマフィアに転向していると言われている。

伊武組はマフィアではないが、現組長が時代を見越して先手を打ったことで、従来の極道組織とは一線を画す存在になっていた。ちょうど三十年前から、組の幹部をフロント企業の経営者として起用し、従来のシノギから新たな仕事と市場《マーケット》を生み出すことに成功している。

簡単に説明すると、組員のシノギでは裏稼業と正業の両方を持たせ、徐々にその溝をなくさせるようにしたのだ。現在、数十社ある伊武組のフロント企業の中で、ヤクザのそれだと知らずに取引している企業も多数ある。

それなのに、伊武組の若頭が本物の殺人《バラシ》とは、ただ事ではない。

松岡は冷静な態度で伊武に尋ねた。

「どなたを、お消しになりたいのですか？」

「……」

「私が代わりに消して差し上げましょうか？」

「冗談はやめろ。俺は本気なんだ」

「私も本気ですよ。若頭のためなら、一肌でも二肌でも脱いでみせましょう」

「おまえが言うと怖さが増すな」

「そうでしょうか」

伊武のためなら、という気持ちに嘘はなかった。

松岡はクールで打算的な人間だが、心の底まで冷徹なわけではない。青い炎のように静かで熱い闘志を胸の内に秘めている。

それだけではない。

伊武を揶揄《からか》い、時には呆れながらも、己が持たざる伊武の懐の深さを尊敬し、その想いに応えたいという純粋な忠誠心も持ち合わせている。もちろん、松岡を兄弟にすると言った、あの幼き日の誓いも忘れてはいない。

「俺が殺したい相手は、おまえが一番殺したくない相手かもしれない」

「どういうことです？」

「……あいつが伊武組《ここ》に残っていれば、おまえが忠誠を誓ったのは、俺じゃなかったかもな」

「若頭？」

伊武が視線を逸らす。そのまま和室の縁側に続く、窓の外を眺めた。

灰色の空から雨が降っているのが見える。

なんとなく嫌な空気になった。

その空気を破ったのも、また伊武だった。

「俺が殺したい相手は、俺の弟――伊武響二郎だ」

名前を聞いて心臓が止まる。

「……まさか」

「本当だ」

伊武の目は本気だった。

「このところ、先生が勤務する病院の周辺に不穏な男の影があった。調べた結果、先生につきまとい手を出そうとしている、悪しき害虫がいることが分かったんだ。その害虫の正体が、あいつだ」

「……信じられません。とにかく、何かの間違いでは？　それに、手を出すとは、どういうことです？　響二郎さんは今、アメリカにいらっしゃるのでは」

「あいつは今、仕事で日本にいる。ついこの間、先生の大学病院で新しい医療VRシステムが導入されることになったんだ。その導入業務を担当しているのがinitium《イニティウム》社――響二郎の会社だ」

伊武の弟の響二郎がアメリカで起業していることは、もちろん知っている。

彼は日本の高校を卒業した後、アメリカの大学に入学し、そのまま日本には戻らなかった。

これまで松岡が響二郎に会ったのは数えるほどだったが、彼が優秀で才覚に長けた男なのは知っている。

実のところ松岡は、響二郎のことを誰よりも伊武組に必要な人材だと思っていた。

「つまり、響二郎さんが仕事で来日し、その際に高良先生と出会われたと。そして、響二郎さんが先生に興味を持ち、心を傾けたということですか？　……にわかには信じられません」

「嘘ではない。れっきとした事実だ。裏も取ってある」

「まあ、若頭がそうおっしゃるなら……そうなのでしょうね」

「そうだ。間違いない」

「最近の若頭の苦悩はこれが原因だったと――」

松岡の言葉に伊武が被せ気味で答える。伊武の焦りが見て取れた。

「俺の苦悩はどうでもいい。問題なのは、先生はもちろん響二郎も、相手が俺と繋がりがある人物だと気づいていないことだ。響二郎は自由にのびのびと先生を狙ってやがる」

「……はぁ、困りましたね」

その〝自由にのびのび〟は伊武家の血筋なのだろう。だが、伊武が言うようにフリーダムな柔軟性こそが一番危ない。しなやかな竹が最も強く、しぶとく、決して折れないのと同じことだ。

伊武の目が鋭くなる。わずかに空気が張りつめた。

「俺は、もう決めた。あいつが気づく前に殺《や》ろうと思っている」

「御冗談を――」

「じゃあ、どうすればいい。先生があの男に手籠めにされるのを、指を咥えて見てろと言うのか」

伊武のスマホを握る手がさらに震える。松岡は宥めるように声を掛けた。

「若頭、落ち着いて下さい。先生は若頭に一途です。たとえ響二郎さんが先生に積極的なアプローチをしたとしても、彼に靡いたりすることはないでしょう」

「確かにそうかもしれん。だが、俺は誰よりも響二郎の性格を知っている。あいつは自分が欲しいと思ったものは、どんな汚い手を使ってでも手に入れる男だ。容赦のない変態だ！」

「そうかもしれませんが――」

「俺は惣太先生を疑ってはいない。信じている。だが、あの男の狡猾さも疑う余地がない。全く、俺はどうしたらいいんだ。くそっ」

伊武は吐き捨てるように言うと、やはり殺《や》るしかないと続けた。その呪詛の言葉を松岡は右から左に流して答えた。

「響二郎さんを殺しても、なんの解決にもならないのでは？」

「どういうことだ」

「今後も高良先生を狙う誰かが現れるかもしれません。そのたびに、若頭がバラすんですか？」

「…………」

「今回の件については、響二郎さんと、きちんと話し合われてみてはどうでしょうか」

「あいつが俺の言うことを聞くわけがない」

「やってみないことには分かりません。襲撃するよりよっぽど建設的ですよ。令和のヤクザが本物の殺しなんて、シャレにもなりませんので」

「………」

伊武はそのまま唇を噛み締めて、じっと動かなくなった。

闇夜を見つめる仁王像のようだ。

実の弟にトンビに油揚げムーブされたのが、よっぽど腹立たしいのだろう。

ここは一度、話を切って作戦の練り直しが必要だと松岡は思った。

――本当に困りましたね……。

それから数日後、松岡の困惑はさらに深まることになる。


松岡がどのような対応を取るのが最善か考えあぐねていると、田中に声を掛けられた。

ちょうど本家のキッチンでコーヒーを淹れようとしていた時だった。

「あれ松岡さん、大丈夫っすか？　顔色変っすよ」

「私の顔色が……変ですか？」

「はい。なんかあったんすか？」

「なんか……まあ、そうですね」

田中はいつもの人懐っこい笑顔で話し掛けてくる。ふと思うところがあって、松岡は伊武のことを尋ねてみた。

「私より若頭の方が変だと思いませんか？」

「変？　そうっすかね。カシラはいつでもカッコいいカシラのままっす」

「最近も？」

「そうっすね。ずっとカッコいいっす」

「……ふむ。私の変化には気づくのに、若頭の変化には気づかないとは、一体――」

松岡は思わず心の声を呟いたが、田中には聞こえなかったようだ。

「私は、他の誰よりも、分かりにくくないですか？」

「へ？　そうっすか？　松岡さんは分かりやすいっすよ。顔見れば大体分かります」

どういうことだろう。自分は無表情のクールビューティーではなかったのか。鉄仮面が取り柄の敏腕ハイエナ弁護士のはずだが――。

いや、違う。そうではない、と自分を納得させる。

田中は伊武に心酔しすぎて、その実体がよく見えていないのだ。

「一つ質問をしてもいいですか？」

「なんっすか？」

「もし若頭が誰かを消したいと言ったら、田中はどうしますか？」

「もちろん、俺がカシラの代わりに消してみせます。この拳で」

田中は右手で拳を作ってみせた。明るい笑顔なのが逆に恐ろしい。その拳が誰かに振り下ろされたら、元ボクサーだけに冗談では済まないだろう。

自分と同じ答えなのは嬉しいが、伊武の消したい相手が響二郎だと知ってしまった以上、止められる人間は、やはり自分しかいないようだ。

松岡は覚悟を決めた。

今後、伊武が暴走したら絶対に自分が止めなければならない。

若頭補佐として、幼なじみとして、そして、唯一無二の親友として――。

「大丈夫っすか?」

「あ、ええ」

「なんか、松岡さんも大変っすよね。まあ、これで一服して下さい」

何かを感じたのか、田中がキッチンでラテを作ってくれた。コーヒー豆の香ばしい匂いが周囲に広がる。

渡されたマグの中でドクロの絵が浮いていた。頭蓋骨とクロスボーンの定番コラボだ。

田中なりの極道風ラテアートなのだろう。

デフォルメされていて、可愛くないこともない。

「……案外、器用ですね」

「こういうの好きなんで」

田中は恥ずかしそうに金髪のいがぐり頭を掻いた。こう見えて田中はスイーツが好物なのだ。

「若衆としての料理だけじゃなくて、いつかはデザートも俺が作りますから」

田中が白い歯を見せてニッと笑った。邪気のない笑顔だ。

「期待してて下さいね」

「……そうですね」

気のない返事をする。

ラテを一口飲むとカップの中のドクロが歪んだ。それが今後の伊武の行動を示唆しているようで心が沈んだ。


伊武が響二郎の宿泊しているホテルを襲撃したのは、それから一週間後のことだった。とりあえず、殺害はしなかったようだが、伊武の怒りは収まらず、事態は悪い方向へと向かっていた。

響二郎の積極性には驚くが、伊武の嫉妬心の深さにも閉口する——。

同じ熱量と角度を持った感情がぶつかっている以上、松岡にできることは何もないように思えた。

——あの二人は共鳴している。

ある意味、同じなのだ。

自分はどうあっても、その間に入ることはできない。

松岡はわずかな寂しさを覚えていた。

そんな時、事態は急展開を迎えた。響二郎が何者かに襲われたのだ。

調べた結果、相手は堅気ではなく、伊武組と敵対関係にある東翔会の仕業だと分かった。東翔会のフロント企業が、響二郎の会社に仕事を発注した上でその支払いを拒否し、納入したプログラムをそのまま持ち逃げしたのだ。

社長の響二郎がフロント企業の上層部に訴えたところ、東翔会の組員に襲撃されてしまった。襲撃はヤクザとしての手打ちであり、脅しでもあった。

事態を重く見た伊武は全てを洗いざらい調べ、東翔会に乗り込むことを決めた。

正真正銘の、ヤクザのカチコミだ。

松岡は不思議に思った。伊武がそこまでやるとは思わなかったからだ。

――やはり、血の繋がった兄……なのでしょうか。

伊武は松岡に「響二郎なら、いつでも殺れる。後回しだ」と言い、東翔会を先に叩くことを組員たちに誓った。

松岡は複雑な気持ちでその背中を見つめていた。


東翔会襲撃の当日――。

組員たちは久しぶりのヤクザの仕事に気持ちが高揚していた。

期待と使命感に満ちた強面たちが本家の大広間にずらりと並んでいる。皆、真っ黒なスーツに身を包み、長ドスを手にしていた。同じ出で立ちの松岡も、長ドスを振り下ろして、その感触を確かめた。

事情が分からず戸惑う先生をよそに、カチコミの準備が着々と進んでいく。

最後に、伊武が一列に並んだ組員たちを見渡して檄を飛ばした。

「おまえら、行くぞ！」

「――カシラっ！」

オーという掛け声の後に続いて、一斉にダミ声の返事が返ってくる。

そのまま組員たちは外へ出た。松岡と田中も大広間から庭へ出て、黒塗りのレクサスに乗り込む。残りの組員たちは大型のバンに乗り込み、最後に本部長が運転するダンプ一台を引き連れて目的地に向かった。

カチコむのは都内にある東翔会の事務所だ。

ビルの一階部分で東翔会の幹部が仕事をしているのは分かっている。

運転手を務めた松岡は、その事務所のドアの前にレクサスを横付けした。バンとダンプも入り口を塞ぐように互い違いに止まる。

伊武が後部座席のドアからひらりと舞い出た。

「田中と松岡は俺に続け！　——行くぞ！」

「はっ！」

「カシラっ！」

伊武の怒号でドアに近づく。伊武は長い脚で鉄製のドアを蹴り上げると、勢いよく事務所の中に突入した。松岡と田中もそれに続く。

残りの組員たちは入り口を封鎖する形で立ちはだかった。雑魚を逃がさないための人間の盾だ。

中に入ると東翔会若頭の姿が見えた。子分は——一、二、三、四人だ。

伊武の拳が若頭の顔に命中する。炸裂音とともに、若頭は抵抗する間もなく背面に飛んだ。そのまま壁にぶつかって床に尻もちを着く。

事態を飲み込めていないのか、若頭は鼻血を流しながら口をパクパクしていた。三分で終わりそうな弱さだった。

「これが東翔会の頭ですか。ずいぶん、弱いですねぇ」

松岡が嘲るように呟く。すると、若頭の傍にいた組員二人が松岡に飛び掛かってきた。

その一人をドスの鞘で突き、もう一人は革靴の先で蹴り上げる。二人は座り込むような体勢のままソファーに向かって飛んだ。

残りの二人は伊武と松岡の勢いに気圧されたのか、拳を構えたままこちらを見ている。じりじりとバックヤードへ下がっていくが、武器でも探すつもりだろうか。

「……おまっ、おまえら、いきなりなんだ。頭おかしいのか！」

床にへたり込んでいる若頭が大声で喚いた。

普段は線の細いイケメンヤクザなのだろうが、鼻血がシャツまで垂れてその男前が台無しだ。インテリヤクザを気取っているようだが、映画のジョーカーのような派手なスーツを着ていて気味が悪い。

「なんだそのセンス。紫のスーツに黄色のYシャツって、おまえは焼き芋か」

伊武が若頭の服のセンスを揶揄した。

その瞬間、若頭が拳で反撃に出たが、伊武はそれを避けると若頭のスーツの胸倉をつかんで、もう一発お見舞いした。

血泡が飛ぶ。若頭――いや、焼き芋は苦しそうに肩で息をした。以降は面倒なので芋と記す。

「……くそっ……マジでカチコむとか、頭沸いてんだろっ！　今時、そんなヤクザいねぇだろ！

気が狂ってんのか。頭おかしいだろっ！」

「――あ？　てめぇが蒔いた種だろ。だったら、てめぇで刈り取れ！」

「な……なんの話だ――」

「分かってんだろ？　落とし前はきちんとつけてもらう。極道なら覚悟しやがれ！」

伊武が田中に渡していたドスを受け取る。

長鞘から刀身を引き抜くと、その切っ先を芋の耳朶に当てた。

「まずは耳からだ。焼き芋に耳はいらないだろ」

「お、おまえら、何してる！　見てないで、こいつを止めろっ！　早く、止めるんだ！」

芋の命令に、離れた場所から様子を見ていた二人の組員が、灰皿片手に飛び掛かってきた。

今度は松岡ではなく田中がいなした。

光の速さで田中のパンチが炸裂する。

拳に閃光が見えた。

組員二人が背後に飛ぶ。

実際は、組員の顎に一発ずつ軽いアッパーをかましただけだったが、二人ともあっさり気を失ってしまった。

「よっわ」

田中が無邪気な笑顔をみせる。手の甲で鼻の下の汗を拭いながら、また笑ってみせた。

「こっちもついでに、いっとくか」

田中がソファーで喘いでいる二人に近づく。

今度はそれぞれのこめかみにストレートを打ち込んだ。

二人はソファーの上で呻き、そのまま泡を吹いて動かなくなった。本当に殺しそうで寒気がしたが、絶妙なパンチで死んではいないようだ。

四人の子分が全て片付いた。残るは若頭だけだ。

「さあ、どうする？　もう、おまえ一人だ。自分で答えを出せ」

伊武は芋の目を睨みつけながら尋ねた。

芋の耳に当てていたドスを軽く引く。耳朶が切れて、その首筋に血が流れた。

「自分で選べ。このまま耳を落とされるか、鼻を削がれるか、もっと他の――」

「――ひっ！」

「外にダンプを停めてある。このまま事務所ごと、おまえと子分を轢き殺してもいいんだぞ」

「……や、やめっ――」

芋は左右に首を振って伊武に何か訴えた。

「ん？　中庭にでも逃げるか？　他の若衆を呼ぶか？」

「ちがっ……違うからっ……」

芋の戦意は完全に喪失していた。

武闘派ではない経済ヤクザのイキりはこんなものなのだろう。

その経済の世界でも、やったことは陳腐な詐欺まがいの取引だったが、本来なら取るに足らない案件だ。

伊武の弟に手を出したのが運の尽きだったのだろう。

松岡は哀れな男の顔を見ながら小さく溜息をついた。

「もう、やめてくれ」

芋の懇願は続く。

「どうした?」

「……許してくれ」

芋の表情が変わった。伊武がそれに気づく。

「あの金は払う。きちんと払うから許してくれ」

「なんの金だ?」

「イニティウム社に払うはずの金だ」

「本気で言ってるのか?」

「も、もちろん。必ず口座に振り込む」

「嘘じゃないな?」

「払う、すぐに払うから許してくれ」

「嘘なら殺す。分かったな?」

伊武の言葉に芋は頷いてみせた。

伊武が撤収の号令を掛ける。

そのまま刀身を鞘に戻すと、悠々と事務所を後にした。

松岡と田中も撤収する。

人間の盾をしていた組員たちも無駄のないフォーメーションで車に戻った。

結局、このカチコミは、伸びた四名の組員と鼻血を出した若頭一名でカタがついた。

「笑えるな」

事務所を出た伊武がぽつりと呟いた。

「最後、種類が変わったな」

「ですね」

松岡はすぐになんのことか悟った。

東翔会の若頭は伊武に散々殴られたせいで、顔が紫色になっていた。

つまりこの数分で、普通の焼き芋から紅芋の焼き芋に仕上がったのだ。

ダサい男には、ぴったりの幕引きだろう。

ヤクザが面子を失くすのは死ぬのと同じことだ。

伊武が芋に与えたのは、東翔会若頭としての死だった。子分たちが目を覚ましたら、もうその立場にいることは不可能だろう。

気持ちを切り替える。

額の汗を手で軽く拭った。

——次はカチコミではなく、伊武組の庭で焼き芋パーティーでもしましょうか。

松岡は空を見上げてゆっくりと微笑んだ。

＊　＊　＊

響二郎がアメリカに帰った後、伊武は少しだけ寂しそうだった。

最強で最凶な恋のライバルがいなくなったからだろうか。

それとも、可愛い弟がいなくなったからだろうか。

伊武の本意は、松岡には分からなかった。

伊武がその本心を語らなかったからだ。

分かっていることは、ただ一つ。

伊武は最愛の先生を害虫から守ると同時に、最愛の弟を反社から守ったのだ。

——そんなことができるのは、この世で若頭しかいませんね。

松岡は一人きりの和室でふっと笑ってみせた。

伊武が自分のものになるわけではない。

自分と伊武は永遠に、若頭とその補佐の関係だ。

ただ、どんな時も、伊武が先生や響二郎を助けたように松岡のことも助けてくれるだろう。

それが分かって、心が軽くなる。

これからも、あの男についていく。

一生ついていく。
あの日の誓いはまだ胸の中にあるのだ。
可愛い保育園児の声が脳裏に響く。
――これでいい。
――おれとりょうすけは、いま、きょうだいのちぎりをかわした。
今日から俺とおまえは兄弟だ。だからおまえが困った時には必ず助けに来る――。

《了》

あとがき

皆様こんにちは、谷崎トルクです。

最後までお読み頂きまして、誠にありがとうございます。

第四巻、いかがでしたでしょうか？（まだお読みになっていない方はネタバレの可能性がございますので、このまま本文に戻って頂けますと幸いです！）

今回のテーマはＶＲ医療と兄弟愛でした。

それに伴って、ＶＲ手術やＡＩ医療を革新的に行っている外科医の先生の活動を参考にさせて頂きました。実際に資料を読み込んでいく中で、ＶＲ手術の動画を観ることができ、一視聴者でありながら名医に憑依したような視野を体験できるテクノロジーに大変興奮しました。

そして、そんな動画をYouTube等で簡単に閲覧できることにも驚きました（主に海外の外科医の先生方が、色々なメディアで動画を共有して下さっています）。

本当に凄い時代になりましたね。このＶＲ技術は医療分野以外でも幅広く活用されており、今後は現実がよりいっそう夢の世界に近づくのではないかと期待しています。

そして、二つ目のテーマが兄弟愛です。

今作では響二郎のことを〝カジノ王の次男〟と表現しましたが、響二郎は明らかな次男・末っ子気質でした。反対に伊武さんは絶対的なお兄ちゃん気質で、この二人の対比を書くのがとても楽しかったです。

そして、伊武兄弟と高良兄弟は、どちらも強固な関係性で、書いていて羨ましいなと思う場面がたくさんありました。特にお兄ちゃん大好きな響二郎と弟くん大好きな凌太の、斜め上をいく行動が面白く、可愛さ余って道を外れていく過程がある意味、教科書通りで笑ってしまいました。
私自身はできた姉を持つポンコツ次女なので、響二郎や惣太の気持ちがよく分かります。ですが、そこに対抗するロックでパンクな反骨精神が今の自分を作っている気がするので、姉がいてよかったなと心から思っています。
伊武さんと惣太先生の関係は今作でさらに絆が深まりました。嫉妬する伊武さんも、初めてのことに戸惑う惣太も、その中心にあるのは相手を想う気持ちで、この第四巻でも、特別ではないごく普通の恋愛の妙を書くことができて非常に幸せでした。

ファーストコールシリーズはエクレアコミック様からコミカライズ（作画：U-min先生）して頂いております。キャラクターの魅力が溢れる漫画に仕上がっていますので、コミックを未読の方は、ぜひお手に取ってみて下さい。小説と併せてファーストコールの世界に没入し、伊武さんと惣太先生の二人をこれからも応援して頂けると嬉しいです。

最後になりましたが、作品をお読み下さった皆様、素敵な表紙と挿絵を描いて下さったハル先生、ご指導を頂きました担当編集者様、全ての皆様に心より感謝申し上げます。

谷崎トルク @toruku_novels

ISBN 978-4-434-32445-1

書店にて好

エクレア文庫

●住み込みのハウスキーパーの面接に出向いた貧乏学生の晴は、なぜか家主と体の関係を結ばされ——?!
●雇用主兼准教授×ハウスキーパー兼学生な2人の、キュン甘えっちな同棲ラブストーリー!

溺愛准教授と
恋するハウスキーパー

花波橘果 著／古澤エノ 画

ISBN 978-4-434-32495-6

〒162-0822
東京都新宿区下宮比町2-26 KDX飯田橋ビル 5階
株式会社MUGENUP エクレア文庫編集部 気付
「谷崎トルク先生」／「ハル先生」

エクレア文庫

ファーストコール4
～童貞外科医、年下ヤクザの嫁にされそうです！～

2023年11月24日　第1刷発行

著者：谷崎トルク
イラスト：ハル

発行人　伊藤勝悟
発行所　株式会社MUGENUP
〒162-0822 東京都新宿区下宮比町2-26 KDX飯田橋ビル 5階
TEL：03-6265-0808（代表）　FAX：050-3488-9054
発売所　株式会社星雲社（共同出版社・流通責任出版社）
〒112-0005 東京都文京区水道1-3-30
TEL：03-3868-3275　FAX：03-3868-6588
印刷所　株式会社暁印刷

カバーデザイン●spoon design（勅使川原克典）
本文デザイン●五十嵐好明

Printed in Japan
ISBN 978-4-434-32645-5　C0293